月华的潮汐

戴子／著

北方文艺出版社
·哈尔滨·

图书在版编目（CIP）数据

月华的潮汐 / 戴子著. -- 哈尔滨：北方文艺出版社，2024.1
　ISBN 978-7-5317-6062-7

Ⅰ.①月… Ⅱ.①戴… Ⅲ.①诗集－中国－当代 Ⅳ.①I227

中国国家版本馆 CIP 数据核字 (2023) 第 191447 号

月 华 的 潮 汐
YUEHUA DE CHAOXI

作　　者 / 戴　子	
责任编辑 / 富翔强	装帧设计 / 树上微出版
出版发行 / 北方文艺出版社	邮　　编 / 150008
发行电话 / (0451) 86825533	经　　销 / 新华书店
地　　址 / 哈尔滨市南岗区宣庆小区 1 号楼	网　　址 / www.bfwy.com
印　　刷 / 武汉市籍缘印刷厂	开　　本 / 880×1230　1/32
字　　数 / 135 千	印　　张 / 6.75
版　　次 / 2024 年 1 月第 1 版	印　　次 / 2024 年 1 月第 1 次印刷
书　　号 / ISBN 978-7-5317-6062-7	定　　价 / 58.00 元

目 录
Contents

月华的潮汐

静静的锦江河畔 …………………………… 002
雪　花 ……………………………………… 005
疏　星 ……………………………………… 007
梦 …………………………………………… 008
青城山放歌（8首）………………………… 010
　　洗心池 ………………………………… 010
　　小　花 ………………………………… 012
　　天然图画 ……………………………… 013
　　古银杏树 ……………………………… 015
　　古寺晨眺 ……………………………… 017
　　上天梯 ………………………………… 018
　　暮　钟 ………………………………… 020
　　山径暂坐 ……………………………… 021
心丝随风 …………………………………… 022
爱　情 ……………………………………… 025

我从你门前走过	026
西丽湖之夜	028
坐　标	030
盛夏的夜晚	031
击水深圳梅林水库	032
流花湖	033
太阳雨	035
给你最美的秋天	037
夜　思	039
银杏树	043
相逢在平行时空	045

隧洞里的星辰

呼　唤	048
在那激情燃烧的年代	051
寻　找	053
那时我还小	055
炉边咏赞	057
海　浪	059
深夜，我来到江边	060
昙　花	064
海　钓	065

旋　风	066
涪江的夜晚	067
乡村的早上	069
朝阳喷薄的刹那	071
秋　分	072
写给《被侮辱与被损害的》	074
焊　花	075
太　阳	076
我渴望这样的生活	078
在办公室时候	079
梦	080
不惑之惑	082

如诗的远方

拉萨河的黄昏	085
石狮印象	087
九溪十八涧	089
扬州的雨	091
我是霞光	093
窦圌山掠影（2首）	095
别有天	095
通　幽	096

3

山径上的脚印（5首） ……………… 098
　　幽　潭 …………………………… 098
　　高峡急流 ………………………… 099
　　秋　空 …………………………… 100
　　溪　畔 …………………………… 101
　　山　泉 …………………………… 102
蓝白咏叹调 …………………………… 104
塞纳河之歌 …………………………… 106
琉森的狮子 …………………………… 108
大自然的儿子 —— 致敬安东尼奥·高迪 ……… 110
蓝桥沉想 ……………………………… 112
小樽的雪 ……………………………… 115
撒哈拉沙漠 …………………………… 117
夏威夷的云朵 ………………………… 119
莫雷诺冰川 …………………………… 121
生命礼赞 —— 献给古斯塔夫·维格兰 ……… 123
加勒比海掠影 ………………………… 126
魁北克古城风情 ……………………… 128
以弗所遗址 …………………………… 130
摇曳的贡多拉 ………………………… 132
戴克里先宫 …………………………… 134
罗托鲁瓦的清晨 ……………………… 136
尼罗河情思 …………………………… 138

泰姬陵——不朽的爱情丰碑	140
耶路撒冷掠影	142

心弦的颤音

莲	145
风从远方吹来	147
老井	149
卖辣菜的女孩	151
故土	153
在夕阳中干杯	155
老院	157
风火墙	159
盲盒	160
那片遥远的田野	161
蝉	163
那时候	164
白发	166
前世今生锦官城（11首）	167
菱窠	167
玉女津	169
无名英雄纪念碑	171
云顶石城	173

柳荫街	175
摩诃池	177
悠悠君平街	179
金　河	181
琴台路	182
老皇城	184
太古里	186
投　江——纪念屈原投江2250周年	188
填　海	193
后　记	203

月华的潮汐

静静的锦江河畔

我们坐在静静的锦江河畔
晚风悄悄掠过我们身前
柳影在地上轻轻摇曳
月光淡淡地将大地流连

我们坐在静静的锦江河畔
桥头灯火如夜空星闪
远处飘来优美的笛声
荡起一江春水的漪涟

你说,那天边的疏星
距我们到底几亿光年
我说,那辽阔的大海
可是真有无穷的资源

我们向往地仰起了脸
夜幕在遐想中无限展开
啊,我们仿佛上了火星
仿佛漫步在银河之岸

你说,这枯黄的草地
留下我们多少童年的脚印

我说，这滚滚的波澜
带走我们多少少年的梦幻

这时凉风蓦然变得热烈
扑进我们赤诚的胸怀
它说锦江泛起的每一朵浪花
饱含着我们青涩的伤感

你说，那闪闪的灯光
真像点点燃烧的火焰
我说，那皎洁的明月
恍如梦里的那朵雪莲

笛音倏忽变得情意绵绵
带着爱恋在天幕飘缠
它说海天迷茫处有一个小岛
那里永远都是烂漫的春天

你说，青春就似昙花一现
怎样让它绽放光彩
我说，惊雷在我脑海闪现
我要攀上那理想的峰巅

月华
的
潮汐

大地刹那轻轻颤动
楼影在江中乱成一团
它们默默地随水远去
流向那朝霞升起的东边

夜色已深,江水低吟
我俩呆呆地坐着,忘了时间
我们的热血像滚烫的熔岩
它轰轰地响着,喷着浓烟

雪 花

雾的凝华
水的结晶
狂风吹散三千里阴云
天空曼舞着亿万精灵

是对纯洁的坚守
是对未来的憧憬
每一朵晶莹的雪花
都寄托着你的深情

你盈盈地向我走来
双手捧着一轮旭日
那时的玫瑰花红似火
那时的春水碧绿如玉

你说你要去听海
呼吸生命的潮涨潮落
椰香伴随彩虹的惊艳
在你的秋波中沉醉

你说你要去看山
抚摸远古的积冰

月
华
的
潮
汐

带着燃烧的红叶
融入五彩的山溪

转瞬你消失了
化作轻柔的玉尘
那是你的泪珠
在追悼永不复返的过去

记忆的碎片仿佛水银
映着心的荒凉和凄冷
我像仰天长嗥的孤狼
一路淌着殷红的血迹

迷蒙送来古寺的钟声
空灵恍如不尽的唏嘘
一场虚幻一场宿命
缘起缘灭来世今生

疏 星

快仰起脸
看那夜空的星星
天王星像小巧的宝石
大熊星如寂寥的月辉

在明月与浮云之间
还隐现着两颗无名的小星
它们是我和你的灵魂
映在天幕的投影

它们清光交融，柔辉相映
晶莹闪烁宛如我们心灵
看，它们也在凝望我们
正向我们眨眼示意

梦

晨曦像神奇的金剪
将朝霞裁为五彩的腰带
一端系着我,一端系着你
春风徐徐,将我俩送入云海

飘啊飘,不知飘了多少光年
不知大海又几度变为桑田
我们执着地向人马座飞升
穿越过多少星际尘埃

我们笑问牛郎织女
迢迢天河可使你们孤单
我们转而又去抚摸北斗
为什么你只在黎明出现

我们时而在黑洞边缘嬉戏
让太空飓风把我们吹得很远
我们时而驾驭着惊雷闪电
尽显人间没有的王者尊严

我们在太空追逐流星
直到它在大气层燃烧殆尽

我们还牵挂着广寒宫的桂花酒
想同吴刚酩酊大醉

就这样，我们远远地避开尘世
避开世人的不公和冷眼
我们情愿在虚无中飘游
直到宇宙爆炸的那一天

青城山放歌（8首）

洗心池

澄澈的池，神奇的镜
映出城市没有的天地
嵯峨的山峰，古朴的小亭
幽静的山谷，葱郁的树林
空中忽然响起几声鸟鸣
池里掠过一只孤独的鸟影
可惜乱了这清灵的画页
云朵在微波中轻轻摇曳

我仰望着蔚蓝的天空
疑问像击打水面的急雨
洗心池，难道你真能洗心
洗去我心上的尘埃和伤痕
你来自哪一个神秘的世界
带有多少迟来的公平
那里可有金色的霞光、芬芳的花朵
可有人像我这般艰难独行

洗心池，你怎么还是这么淡定
难道你没看见我的愁眉

你快荡起绿色的碧波
涤荡我胸中的万千沉疴
你快化作千丈狂澜
卷着我气吞山河，一往无前
不！我知道，这一切都是呓语
洗心池啊，你怎能洗去我心中的愁烦

小 花

白天我摘了一朵小花
夜里我做了一个梦
一个身披白纱的仙女
含笑着向我飘近

她将枕畔的花朵
放入我年轻的心里
她倏忽化为一阵清风
只留些影子萦绕梦境

天然图画

头上飘过百合般的云彩
林中拂来轻柔的凉风
歌声忽然在山谷响起
好像寂静已经悄悄消隐
啊,大自然,永恒的大自然
我第一次见到你迷人的容颜
请看我充满幻想的眼睛
已为你燃起炽热的火焰

我们三个人 —— 这么年轻热情
我们三颗心 —— 这么真诚纯真
啊,远了,远了那人间的羁绊
我们仿佛融入神奇的仙界
看那幽深的山涧,淙淙的泉水
看那嶙峋的山石,葱郁的树林
我们逝去的 18 个春秋
可曾有过这醉人的清晨

山腰那棵参天古树
偷偷告诉我一个秘密

月华的潮汐

说是这儿藏有金色的种子
它会奇异地开花,结出幸福的果实
空中那朵美丽的云朵
微笑着送我一个惊奇
它说在我戈壁一般的心田
已经播下这颗种子

古银杏树

我呆呆地望着树枝
望着绿叶中破碎的蓝天
我轻轻地抚摸树身
抚摸这1800年的沧海桑田

悠悠千载的白云
可是真人炼就的"龙虎大丹"
虹霓在彭祖峰隐现
可是降魔伏鬼的雌雄宝剑

氤氲难散的山谷积雾
可是东汉末年的烽烟
葱茏幽翠的三十六峰
可在守护这庄严的第五洞天

古老睿智的古银杏
我知道你清楚这些奥秘
你却傲然向天
飘下三两落叶，尽显道法自然

月华的潮汐

我呆呆地肃立树前
万千感慨如溪流潺潺
掷笔槽上蓦地飞来笑声
一群游人正向天师洞走来

古寺晨眺

突然的喧腾把我惊醒
我从草席地铺一跃而起
我急切推开暗黄的木窗
贪婪地吞吐着清新的空气

薄雾缠绕着层峦叠嶂
山巅熏蒸着团团云烟
晨曦映照着重重树海
变幻出瑰丽的七彩斑斓

这多像我昨夜的梦境
可惜美梦仅剩少许碎片
在梦中我曾飞上白云之巅
高声吟诵我的诗篇

月华的潮汐

上天梯

望着这陡峭的天梯
我的腿不由抖颤
望着那悠然的云朵
我的心神往地盘旋

也许这苔痕点点的石阶
一直通到道家的"天界"
也许在千重云雾上面
真有一个神仙世界

也许那里的小湖全像瑶池
那里的蟠桃结满花园
也许那里白玉铺路
彩霞就像路边的护栏

也许那里充满阳光
万物活得悠然自在
春风就像无尽的绿缎
波荡着飘向天边

高处不胜寒，起舞弄清影，何似在人间
耳边骤然响起苏轼的感叹
是啊，何须贪慕仙境的虚幻
我只爱这有血有肉的人间

暮　钟

黄昏的钟声乘着薄暮
悠悠地从上清宫传来
钟声一声接一声响个不停
对我说，年轻人，我知道你的秘密

青山绿水不过是一种寄情
白云只是承载你的相思
在黑夜中飘飘闪闪的萤火
不正在诉说你的憧憬

那又是什么使我沉迷
我羞恼地挑起眼睛
钟声倏忽调皮地反诘
你呀，第一次出现这种心思

山径暂坐

山谷腾起蒙蒙的烟雾
风情万种地对我涌来
清风诱惑地放轻声音
跟我去吧,一起去

你不是想登上天山绝顶
你不是想漫步东海之滨
颐和园的雕栏玉砌
不是梦中都将你吸引

去吧,同我飞上天去
我们去南极攀登冰川
我们去非洲穿越丛林
澳洲的袋鼠,我们去捉它几只

可是我只郁郁地叹息
请它帮我寻找丢失的心
自从来山上把心丢了
还不知在谁的心里

心丝随风

一

童年，老榆树下
外婆指着皎洁的月亮
那是美丽的嫦娥
那是勤劳的吴刚

少年时候，我渐渐知道
外婆的话只是传说
我仍旧喜欢望着弯月
寻找着嫦娥，寻找着吴刚

长大以后，我终于明白
风雨常常折断幻想的翅膀
可我依然习惯仰望夜空
等候着嫦娥，等候着吴刚

二

前天，我们漫步在江边
余晖染红我的双颊
春风戏弄着你的长发
沉醉地唱着：爱哟，爱

昨晚，我们偎依在江畔
心融化了，荡动一江漪涟
我喃喃地说：爱，我爱
你痴痴地念：爱啊，爱

今夜，我独自徘徊在江岸
流水在月光中哀哀地低吟
柳枝在轻风中左右摇摆
仍然唱着：爱哟，爱

三

涨潮了
我心的小船
搁浅在金色的沙滩
也许是巧合
也许是必然

退潮了
我迎着晨曦
重新扬起风帆
希望在前方
希望在天边

爱 情

你曾给过我那么多承诺
我深信不疑，你会绽放出美丽的花朵
哪知你是易逝的梦
风一般飘逝，露一般滴落

疾驰的流星划不开重重夜幕
梦影碎了，蒸发在记忆的荒漠
我呼唤你，喉咙渗出胆汁
我寻觅你，脚下殷殷血珠

如今，又见你姗姗向我走来
莫非春天真能使万物复苏
深情！我在涅槃的烈焰里重生
热烈！我在晨曦的拥抱中狂舞

望着你似曾相识的面容，我悲喜交加
被泪水和痛苦埋葬的心，又渐渐暖和
希望的种子若已种下，定会开花结果
只要有你长青的篱笆守护

我从你门前走过

踮起脚尖,放轻脚步
轻得像卑微的蝼蚁,像烟,像雾
我像只能在黑暗中浮现的幽灵
偷偷地跟着你,从你门前飘过

门被推开,又关上
显现着钢铁般的冷酷
就似在黑夜中期盼曙光
我在老街对面凝望窗户

你的影子在窗纱上飘动
好像嫦娥在月宫起舞
轻舒衣袖,是深情的诗
仰首望天,是迷人的雕塑

我情愿这么痴痴地站着
任斗转星移,随沧海桑田
邻人的眼光像冷箭射来
我不得不涩涩地拖动脚步

就这样,我徜徉又徘徊

恍如孤魂街头流落
我渴望沿着脚下的小路
在你心里找到归宿

西丽湖之夜

黑宝石般的湖水
是你深邃的灵魂
银纱样的月辉
是你空灵的风韵

长廊像玉带飘绕
将我带进你的心灵
那里,轻风正与白玉兰悄语
透露出一个秘密

它说凌波阁的灯光
只是一双游戏人间的眼睛
卑贱、高贵,贫穷、豪富
不过如灯明灯灭,变幻莫测

它说哪怕你如芥子般渺小
也要像麒麟山挺直脊背
只要在黑暗中发现目标,就咬住它
何须在乎风风雨雨

静谧的夜幕下,我肃然伫立

刹那间我发现生命的真谛
它隐现在浩如烟海的书本
也藏在神秘的西丽湖之夜

坐 标

一个点
像璀璨的宝石
闪耀在羊城内外
城外大新，西堤百货，南方大厦
70年激荡的风云
变幻为绚丽的画卷

一个点
像一根铁钉
紧扎在珠江之畔
12层的钢骨躯干
目送着东去的江波
呼唤着灿烂的明天

这个点
是我人生的坐标
凝聚着我不甘寂寞的呼喊
它点燃我的血，烧红我的心
让我化作扑火的飞蛾
投进重生的涅槃

盛夏的夜晚

盛夏的夜晚属于明月
属于绿荷摇曳的那片银辉
清风穿越蟋蟀的吟唱
吻着茉莉芬芳的嘴唇

盛夏的夜晚属于空调
属于那本摊开的日记
喧嚣的世界终于寂静
灵魂在爱人的呢喃中沉醉

盛夏的夜晚属于记忆
属于那双藏在星空的眼睛
篝火燃烧青春的激情
流萤飞舞幽微的宿命

盛夏的夜晚属于未来
属于埋葬黑暗的启明星
往事已如落叶飘零
天边透出火红的氤氲

击水深圳梅林水库

塘朗山守护着一库绿水
就像守护它的灵魂
水库就是城市的生命
水里沉淀着蓝天白云

仿佛嗅到梅花的芳香
仿佛看见满山的梅影
在这天上人间的小湖
我是一条快乐的游鱼

破浪而出，宛如绝地重生
击水三千，好似横扫万军
晚霞做伴，清风相拥
何惧明天的暴风骤雨

澄澈的湖水，藏不住我的秘密
命运的拐点，或许从这里开始
我呼唤着自然，我询问着命运
这可是我独特的人生洗礼

流花湖

阳光穿过落羽杉
在五彩缤纷的太阳花
在粉色睡莲的怀抱
在流花湖上跳跃
好像无数闪烁的绚烂
呼唤着羊城的想象
流花湖，流花的湖
你永远这样令人神往

芝兰湖上的绿水
摇曳着芳春园的华堂
数红阁的飞檐碧瓦
送走一个又一个夕阳
晋代、南汉再到今朝
1700多年的悠悠时光
多少皇室宫闱的秘密
在幽静的湖底埋藏

傍着盘虬卧龙的榕树
我恋恋不舍地徜徉
那双秋水样美丽的眼睛
就如春光映在我心上

月华的潮汐

我忘记尘世的所有
在柔情中迷失方向
我愿变成烟雨亭的琉璃
永远守护这如梦的时光

太阳雨

云与云的碰撞
冷与热的激荡
太阳雨，奇妙的天象
刘禹锡为你深情歌唱

风与流霞相遇
互诉漂泊的衷肠
太阳雨，神秘的期望
女人是雨，男人是太阳

偶然的邂逅，必然的情殇
悲剧的种子悄悄埋藏
雨和太阳创造生机
水与火互不相让

时光斩断激情的拥抱
太阳难做雨水的王
长虹贯出太阳的遗恨
无羁的雨依旧流浪

太阳与雨终于分离

月华的潮汐

天空又是一片晴朗
雨水将它思念的露珠
化作天边七色的霓裳

给你最美的秋天

这是我最美的秋天

昨天的青涩
已在夏日炙烤中蒸发
金黄的稻穗
摇曳着人到中年的淡定
何须钩沉春天的轻狂
浓情泼洒的昙花
已成残墨一抹,泪痕数行

这是生命的风华时节
石榴绽出玛瑙的光芒
抓一把高粱
洒十里酒香
掬一捧清泉
浇满天霞光
把一支歌
唱进丰年的高潮
秋风中的偈语
诠释着我与苦难拥抱的时光

红叶现着点点风霜

月华的潮汐

它将奏响天地的悲凉
我的眼泪早已凝为子弹
能够击穿寒冬的胸膛
煮一壶雪
完成人生的绝唱

这是我最美的秋天
是我唯一的珍藏
请你收下吧
收下这心血浸泡的佳酿

夜 思

一

有颗星星
在墨蓝的天上
用深情的眼光
默默地将我凝望

那是她吗
怎么还没入睡
哦,我知道你在诉说
远方,有这样的一颗心

月华的潮汐

二

悄悄地来到的
是我影子样的梦
梦哟,我的预言者
你又将给我带来什么

昨天,是清清的流水
明天,是瑰丽的虹霓
只是别让我看见今天
看见她那谜一般的笑靥

三

一叶白色的扁舟
轻轻地托着我俩
你在唱歌,我在划桨
海鸥在身边飞翔

飘吧,爱的小帆
在这流光溢彩的黄昏
是去彼岸幸福的港湾
是去海底永恒的深谷

四

深夜，我醒来
眼角挂着晶莹的泪滴
这是我生命的露珠
折射着刚刚过去的噩梦

姑娘哟，相信我
纵使你无情地离去
我也会凝噎着向你挥手
因为我记得那些美妙的时候

银杏树

秋风无形
翻动岁月的画册
纷纷扬扬的金黄
酿成时光的甜蜜

秋风有声
留恋春天的生机
每一点初绽的嫩芽
都是深藏的翡翠

秋风深情又绝情
展现着你庄严的凋零
用流霞和山泉的禅机
拯救我沦陷的心灵

往事像儿时的万花筒
至今留着我的热吻
梦影终究都会飘散
彩虹化作肥皂水

但我执拗如千年岩石

月华的潮汐

守着宿命,守着轮回
寒冬的镰刀已经远去
我相信,你还是那片绿荫

相逢在平行时空

也许天地换了位置
脚下踏着闪烁的星空
也许万有引力已经消失
人们都像悠悠的轻风
也许科技颠覆熟悉的生活
推窗就是浩渺的宇宙
也许我们变成大脑袋细胳膊
芯片如同裸露的胸骨
不管平行时空有多少也许
谁会想到我们还会相逢

我的心脏刚一停止跳动
灵魂就在黑暗中飘游
幽微的光点宛若萤火
从生命的熟悉场景汇拢
你的身影忽然拂过
仿佛睡莲撑开紫色的天穹
那种模糊又遥远的记忆
忽如火山在地心复活
我没想到我们还会邂逅
这里有太多的陌生，太多的你我

月华的潮汐

我们曾经山盟海誓,血乳交融
命运在蝶翼翩翩起舞
我们也曾地老天荒,生死相托
此刻却在迷茫中各自西东
我嘶声呼唤四处寻找
你却像流星漠然划过
你是前世遗传的傲娇
还是坚守冷却的泪珠
或是你已找到新的生活
任由我在混沌中流落

隧洞里的星辰

呼 唤

河流在冰块的重压下涌动
盼望挣断冬天的锁链
狂风在阴霾的天空中怒吼
渴求劈开乌云的闪电
只要你把耳朵紧贴地面
就会听到这一声声新生的呼唤
有的猛烈,像惊雷震撼山川
有的微弱,像胎音持续不断
就连霜打雪压无助的野草
也怀着希望把春天期盼

没有这张扬生命的呼唤
地球就只是一个冰冷的泥丸
没有这永不停息、永不满足的呼唤
就没有春秋更替、星移斗转
它像一组激昂的音阶
用滚烫的鲜血告别灰暗
它像一幅广袤的画卷
天地飞扬着晨曦的色彩
它用千万种声音组成最美的和弦
我们呼唤,我们呼唤!呼唤着向前

当类人猿在石块碰击中把火发现
那瞬间的光明,就在把电光呼唤
当小鸟拍翅飞过古人眼前
就在呼唤今天神游太空的飞船
呼唤,是对过去一切不合理的背叛
呼唤,是对今天一切合理的责难
虽然呼唤可能被暴风吞没
却并不会因此坠落
历史用铁的事实证明
没有呼唤,就没有进步,没有发展

麻雀在风雪中惊惶躲闪
它眼前只有无边的严寒
梅花在冰霜中傲然吐艳
每颗花蕾都藏着一个世界
敢于直立的猿猴,成为人类祖先
凶猛的恐龙,陈列在自然博物馆
呼唤就是冲破成规打碎桎梏
通过昨天和今天去发现明天
呼唤就是永不屈服、永不自满
就是顺应历史发展的沧海桑田

月华的潮汐

呼唤啊！我歌颂这充满生命的呼唤
不管它来自小草，还是来自峰巅
没有它，就没有人类进步的胚胎
没有它，理想就只是缥缈的概念
昨天的风刀霜剑，已被我们踏在脚下
今天的晨曦晚霞，把拼搏的激情点燃
呼唤吧，让我们呼唤
呼唤澎湃的伟大时代
让我们呼唤希望，呼唤未来
在呼唤中征服万水千山

在那激情燃烧的年代

在那激情燃烧的年代
纯真就像高扬的旗帜
爱丁堡王子街的风笛
飘洒着阿尔卑斯山的飞雪
塞切尼链桥的石狮
守护着瓜那巴拉湾的绿水
仿佛水天一色的马尔代夫
灵魂在生命的澎湃中呼吸

在那激情黯淡的日子
急流在寒冰的绞杀中战栗
伊瓜苏瀑布的咆哮
震碎了撒哈拉沙漠的足迹
硫森湖的碧波
笼罩着黄石喷泉的烟云
亚马孙丛林的野火
在巴塔哥尼亚荒原飘逝

在那激情沉寂的岁月
理智在刀尖苦苦跋涉
贝多芬用激昂诠释命运
光明宛如新西兰蒂阿瑙的流萤

月华的潮汐

霍亨索伦堡的小夜曲
终成多瑙河上不朽的乐章
奋进之箭划过太平洋
在加拿大千岛湖上留下投影

激情仍在燃烧，从未死亡
熔岩铸成金刚石的坚强
长滩岛上火红的落日
沉没是为了新生的太阳
佛罗伦萨君主广场的"大卫"
意志在奔涌的活力中张扬
长江宛如天河的波浪
那是永不枯竭的生命原浆

寻 找

冰封的江面
我寻找湍急的暗流
雪压的枝头
我寻找报春的新绿

飞沙走石的戈壁
可有一泓生命的清泉
高耸入云的险峰
可有一条登攀的小径

我已在尘世踉跄 19 个年头
此刻仍然蹒跚在黑暗的隧洞
天上一颗星，地上一个人
请问哪颗星是我，它又何时闪烁

我仰头问天，夜空洒下轻柔的银辉
我俯首问地，晚风送来沁人的清芬
我的目光像沉重的铅球
艰涩地在八仙桌上挪动

灯光温馨地笼罩着陶泥小罐
映照着罐里那株朱顶红

月华的潮汐

昨天它还像干枯的蒜头
今天却绽出翡翠般的碧珠

恍如闪电撕裂我的脑袋
自强的呐喊像霹雳滚过
世间没有覆盖四季的寒冬
命运也不会永远那么冷酷

放弃,就是对自己心脏扣动扳机
坚持,就是蜗牛一般坚韧负重
只要向着太阳不懈地努力
希望的种子总会开花结果

那时我还小

那时我还小
踮起脚尖
才能看到祖宗传下的神龛
外婆比我高半个脑袋
敬香就像一把弯弓
脊背上仿佛压着磨盘
菩萨悲悯地笑着
目光飞向缥缈的天外

那时我还小
弟弟蜷在花台
玩具汽车拉着他的双眼
那是母亲留下的纪念
六年了,母亲在哪里
天堂还是人间
外婆虔诚地祈祷
希望随着烟雾飘散

那时我还小
弟弟的汽车被人摔坏
院里传来他的哭喊
父亲无法保护我们

月华的潮汐

他同继母住在邻街
就像海洋那么遥远
外婆高捧幽幽的沉香
眼泪伴随叩头迸溅

那时我还小
胳膊好像柔弱的柳条
倔强却如孤独的小狼
可是我总会长大
像小溪变成大河
像星星变成太阳
总有一天我会走出老院
傲然地把过去掩埋

炉边咏赞

静静地对着温暖的火炉
默默地将灵魂袒露开来
假如我的灵魂是一块燧石
就让它在撞击中生出火焰

熊熊燃烧的火啊
我不歌颂你曾被波斯人膜拜
我不歌颂你曾被当作神灵
随着驼队传到万里之外

我不歌颂古代神话中的你
曾把浩瀚的东海煮干
我也不歌颂藏在大洋下面的
珊瑚环绕的神秘火山

烈焰狂卷的火啊
我赞美那伟大的普罗米修斯
他宁愿忍受永无尽头的苦难
也要把火种偷偷地带到人间

我赞美在那遥远的旧石器时代
你曾燃烧在一群猿人面前

月华的潮汐

我赞美正是因为你的出现
人类才能进入崭新的阶段

火啊,我怎能不把你咏赞
你是太阳,你是闪电
你是太阳,能给我永恒的光热
你是闪电,能撕裂沉沉的黑暗

假如我是一块铁矿石,火啊
你能将我炼为钢,锻为剑
假如我是埋在地下的煤炭
我愿永远把你拥在心间

静静地对着温暖的火炉
就像融进万物复苏的春天
恍惚中,我也变成一团火焰
灵魂化作升腾的轻烟

海　浪

带着地心涌出的澎湃
带着向死而生的悲壮
浪花引领海潮
层层叠叠，浩浩荡荡

在那拥抱礁石的瞬间
在那凌空飞跃的刹那
海浪的生命蓦然破碎
飞沫吞没明媚的阳光

潮水惊愕地后退
扔下一片狼藉的投降
悬崖用黝黑的不屑
嘲笑海浪的疯狂

远远的海平线上
波涛呐喊着冲向前方
那是海浪的万千化身
为了它那永不放弃的希望

深夜，我来到江边

我茫然地望着远处模糊的桥影
那桥影刹那变为狰狞的怪兽
我痴痴地盯着眼前凋零的树木
那树木瞬间变为可怕的幽灵
这怪兽，这幽灵，这深夜的一切
磨盘一样碾压着我的心
怀着满腔痛苦来到江边的我
只得痛苦而又痛苦地徘徊

郁结的悲愤，向谁倾诉
潺潺的江波知道我的衷情
难言的辛酸，向谁吐露
寂寥的秋月是我的知音
白天，江边充满愚昧的喧腾
午夜却又这般的凄清
啊，我爱静，我恨静
在静中，我的创伤将血迹殷殷

我望着这神秘而凄凉的夜景
心里发出愤懑的呻吟
这荒草丛生、瓦砾遍地的江畔
多像我变幻莫测的命运

去年那个繁星满天的夏夜
我不是还怀着无限的热情
我不是还把胸口紧贴地面
探寻深藏的人生真谛

我不是狂热地仰望东方
灵魂崇敬地向着太阳飞升
我不是渴望穿云破雾翱翔千里
做那纵横长空的雄鹰
那时的我可想到今天
想到这难以言喻的打击
难道这声声凄怨的虫鸣
是在哀怜我失去的弟弟

夜啊,我诅咒你统治下的一切
你使我看到过去的苦难
19 年了,6000 多个日夜
一回头却是这样艰辛
19 年来,我有过几天快乐的日子
有过几次幸福的回忆
那慈祥的母爱、家庭的温馨
对我就如天边的寒星

月华的潮汐

19年的岁月如这江水
我生命的浪涛可曾有过澎湃
假如也有阳光穿透阴霾
那一定是来自上苍的恻隐
今后的日子又会怎样
沉重的现实锁住我的想象
假如是险峰,可有支点让我攀登
假如是戈壁,可有甘泉续我生命

我在这冷清的江边彷徨
用理智之刀解剖着我的一切
过去的漫漫寒暑中
我可曾深刻地反省自己
我可曾认真地学习知识
在书页中挖掘智者的启迪
我可曾轻率地将自己原谅
用阿Q精神麻醉神经

江水呜咽着向东流逝
对我表达着深沉的共鸣
月辉霎时土布般苍白

像是怀着无限的同情
这是在梦中，还是在夜里
我不知是痴癫，还是清醒
夜，这样的静；静，这样的美
静夜啊，使我更加茫然地徘徊

昙 花

在这疏星闪闪的夜晚
昙花徐徐地舒展花瓣
凉风轻拂，像仙女飘然下凡
月光辉映，好一朵"冰山雪莲"

迷人的芳香，绚丽的花姿
花开刹那，如梦如幻
为了这绝美的短暂
它已孕育好几百天

我如痴如醉地凝注着昙花
脑海忽然划过一道闪电
纵然生命的光华只有瞬间
我也不愿庸碌地将一生度完

海 钓

一端执着渔竿
一端牵着大海
心跳与波澜之间
连着细细的长线

没有狰狞的鱼钩
没有引诱的饵块
浮漂在海面荡漾
无拘无束，自由自在

脉搏随着绕线轮跃动
血流伴随浪潮循环
灵魂就像恬淡的暮风
静默在晚霞烧红的云天

礁石一般屹立岸边
人生就如模糊的海平线
海钓，钓出前尘往事，月缺月圆
"钓海"，钓到地老天荒，沧海桑田

旋 风

深秋的街头忽然起了喧嚣
落叶、尘埃在空中旋作一团
歌着,舞着;舞着,歌着
狂热地向我奔来

载歌,载舞;载舞,载歌
快乐地拥着我旋转
我的心瞬间冲破阴霾
自由自在地飞向蓝天

涪江的夜晚

沿着涪江长堤
我们缓缓地徜徉
晚风从粼粼的江上
送来潮润的清香

奔腾一天的涪江
正在沉入梦乡
它用汩汩的梦呓
向大地吐露衷肠

它说不管关山几重
它要分秒必争地流向东方
那里有火球般燃烧的太阳
那里有春天和希望

刹那间,在那碧绿的江心
繁星和灯光开始摇晃
它们欢欣地挤着、撞着
渴求成为金色的霞光

对岸传来马达的欢唱
车流驶出十里钢厂

月华的潮汐

钢花仿佛在夜空喷溅
化作一袭绚烂的云裳

这是在 300 里外的小城
傍着一条陌生的大江
我恍如与它相识已久
脑里满是激动的浮想

我无意构思诗的意境
诗句却在江面波荡
涪江像我,我像涪江
我们都有同样的向往

沿着涪江长堤
我依依不舍地眺望
只要你对生活充满希冀
你心里就有奔涌的大江

乡村的早上

炊烟从暗黄的茅屋升起
袅袅地飘向云天
南瓜藤牵着肥厚的叶子
懒洋洋地倚着墙头的苔藓

群山拂开云的面纱
却倦怠地卧着,似醒未醒
洪亮的广播声声唱着
新的一天,新的一天

泥泞的田间小径
现出一张张农人的笑脸
倏忽之间,所有的喧哗戛然而止
只有清风与竹枝在窃窃私语

我用陌生好奇的眼光
打量着这个新鲜的世界
那叫声婉转的可是画眉
那路边的小花可是雏菊

谁说这是一个荒僻的天地

月华的潮汐

我分明听见大自然的呼唤
这凝聚着日月精华的天籁
给了我勇敢进取的源泉

朝阳喷薄的刹那

那一刹那,你从混沌中惊醒
你已在梦里错过启明星
静夜用温柔的月色
想让你忘记一切,永远沉迷

那一刹那,你用宇宙的洪荒之力
决然打破黑暗的统治
它曾用狰狞的雷电、阴森的乌云
想要永远奴役天空和大地

那一刹那,霞光飞溅,红浪翻滚
血色是你高扬的旗帜
昨天的你已经消失
此刻是凤凰涅槃般的新生

那一刹那,太阳啊太阳
你的升腾给了我太多启迪
人生的每一个坎坷,每一场风雨
都是崭新的又一个黎明

秋 分

我在春分的细雨中耕耘
那是太阳横越天球的日子
朝霞翻开记忆的画册
岁月给未来镀上黄金

北斗的斗柄指向南方
影子热得蜷缩鞋底
无须在酷暑中捕捉清凉
听一场雪,抚平躁动的内心

白露留恋菊的高洁
镰刀带来金色的稻穗
曼珠沙华燃烧似火
焰头放飞无边的落叶

哦,秋分,黄经循环已至中点
你的秋色与谁平分
是你手臂挽着的暮晖
是你正在亲吻的晨曦

我知道,缥缈清冷的月辉
无法展示你的多情

你的风华，你的韵味
转瞬就在白昼的炙烤下枯萎

我知道你那藏在薄霜里的秘密
你不满足春华带来的秋实
你的灵魂已经披上铠甲
准备迎接严冬的突袭

哦，秋分，请你给我一半秋色
我们都有同样的基因
同样的追求，同样的忧郁
同样的蹉跎，同样的刚毅

苍茫渗出枫树的醉色
沙漏流逝短暂的生命
地球由西向东公转轮回
年年秋分，年年春分

写给《被侮辱与被损害的》[①]

恍如在一个阴霾的黄昏
我徘徊在一条凄清的山径
冷风唱着哀哀的挽歌
暮云阴沉地在天边徘徊

前方，高耸险峻的峭壁
身后，湍流在峡谷轰鸣
脚下盛开的朵朵小花
深红的花瓣仿佛血的结晶

这就是撕裂开的不幸
这就是伤痕累累的命运
真要听那冷酷的说教
心在滴血，却对鞭子笑脸相迎

哪怕苦难就是人生的底色
我也不愿在忍受中沉默
要么冲出绝境，要么葬身深渊
生命总有抛洒的决绝

[①] 《被侮辱与被损害的》，俄国作家陀思妥耶夫斯基的代表作之一。小说背景为19世纪50年代末的彼得堡。小说通过资产阶级冒险家、骗子瓦尔科夫斯基公爵同被他侮辱和损害的人们之间的冲突，宣扬驯服、顺从是医治病态社会的良方。

焊　花

像飞絮在夕阳中曼舞
像金菊在蓝天下怒放
是银河狂泻万千星辰
是火山喷涌滚滚岩浆

你用飞溅的热血
成就他人的梦想
你为五彩的人间
增添独特的辉煌

焊花，我为你歌唱
歌唱你那惊艳的弧光
纵然生命的光华只有瞬间
我也甘愿像你一样

太 阳

燃起来了啊,燃起来了
从都市死沉沉的檐角
从天空灰蒙蒙的云海
太阳像火球一样红了

啊,太阳,燃烧吧
发出你一切的光和热吧
快向我的胸膛靠近吧
扑进我的眼,烧红我的心

太阳啊,我不愿变为一个人
人只能远远地沐浴光辉
我愿做那缥缈的烟雾
轻盈地向你熏蒸

我愿做那破晓的云朵
在你灿烂的光辉里游泳
我愿做那春天的碧波
拥抱着你西下的金影

太阳,我不畏惧你的高温
我身上的热血也滚滚沸腾

隧洞里的星辰

假如你是爆发的火山
我就是那汹涌的熔岩

啊，太阳，熊熊地燃烧吧
我捧着心向你挨近
向你挨近啊，永远地挨近
直到我化为金色的灰烬

我渴望这样的生活

我渴望这样的生活

无边草原任我扬鞭驰骋
滔滔大海任我一帆纵横
险峻的山巅任我攀登
荒凉的戈壁任我穿越
最后,在启明星升起的时候
我将点燃胜利的篝火

我渴望这样的生活

在一片腥风血雨的荒原
我同千万人一起冲锋
战火烧焦我的头发,硝烟熏黑我的肌肤
鲜血从我头上流下,胸前已遍布创伤
我仍然紧握我的标枪
狂呼着冲过满是尸身的山岗

我渴望这样激烈而惊险的生活
它是我烦闷日子的唯一寄托
要么在血雨腥风中舍命疆场
要么在生死一搏中更新自我

在办公室时候

电动缝纫机的轰鸣
像浪潮冲击海岸
像雷霆呼唤闪电

小小的办公室
转瞬成了惊涛中的孤岛
楼板在无奈地颤抖

没有陈旧,没有新鲜
没有激情,没有灵感
日复一日,这般这般

我带着对自己的轻视
恨不能让目光变成火焰
烧尽桌上的单单片片

我郁闷地望着窗外
望着小鸟飞向蓝天
飞向白云深处的未来

梦

在一个闷热而寂静的夜半
在一个可怕而惊心的梦中
曾经有一个难忘的场景
不时在我眼前浮现

穿过一座阴森的森林
出现一片苍凉的荒原
一群像人又像兽的怪物
潮水般涌到我的面前

它们长着与人一样的五官
却面容扭曲,发出阵阵狂喊
忽而沉闷,像霹雳炸开天空
忽而凄厉,如夜猫逃窜野外

仅仅为了一块滴血的皮毛
仅仅为了些许残骨剩肉
它们撕咬、嚎叫、嚎叫、撕咬
全然忘了还是同类

日月无光,天昏地暗
它们就这样不停地厮打

直到怪兽不断倒下
直到血流干涸，尸体腐烂

猛然一个惊悸，我翻身而起
窗外的路灯昏昏欲灭
抚着狂跳的心，我不由庆幸
这仅仅是梦，而且已经过去

不惑之惑

我的感伤像一条小蛇
在清冷的月光下潜行
岁月拖长怀疑的阴影
不惑之年,你真的不惑

蜡烛点燃夜的缺口
可是留白我的半生
高脚杯溢出殷红的祝福
霞光灿烂还是夕阳西沉

四十岁,生命的中线
恰到好处的年龄
秋叶一般静美的世界
红日在深潭默默翻滚

祭坛跪过十五的青涩
苦难是我成熟的供礼
浓墨渗透浅薄的宣纸
孤独淬炼闪光的锐气

三十那年我挺直脊背
世界似乎在手心汇集

所有的坎坷所有的精彩
不过是香烟幻化的虹霓

沧桑凝为一圈圈年轮
时光碎成刺眼的玻璃
梦想与现实恩怨纠缠
就像一首悲欢交替的绝句

四十不惑，怎能不惑
灵魂拷问活着的意义
生命在春天的繁星中遨游
风华在深冬的寒冰上凋零

也许探悉天命才能耳顺
也许永远没有心不逾矩
也许只有在否定中羽化
才有庄周梦中的那只蝴蝶

如诗的远方

拉萨河的黄昏

簇拥着五彩云霞
布达拉宫像历经沧桑的老人
他缓缓地挥动衣袖
呼唤着拉萨河的黄昏

晚霞应声在山陵燃烧
烧沸一河熔化的黄金
雪山的脉搏在浪花上跃动
仿佛飘闪着大昭寺的佛灯

黑颈鹤掠出夕阳的氤氲
天空留下永恒的剪影
它从辉煌的吐蕃王朝飞来
向着飘逸的铁路大桥飞去

诵经声恍如天籁响起
参悟着多少来世今生
玛尼堆上沧桑的石头
每一块都是曾经的流星

仲夏的拉萨河波光粼粼
宛若暮晖在酥油茶里翻腾

月华的潮汐

它伴着日落的光影、月升的潮汐
让人在芦苇的清香中沉醉

我急切地来，不舍地去
思绪在浮想里渐渐宁静
世俗的烦恼随风而逝
灵魂在涅槃中得到永生

石狮印象

发动机的轰鸣还没停息
小贩已一拥而上围住客车
手上摇晃着五彩丝巾
空中弥漫着淡淡的海腥
日本原装双狮表、精工表、游戏机
香港最新的T恤衫、连衣裙
叫卖声伴随煎粿芋圆的糯香
把我送进喧嚣的石狮城区

习惯了都市街头的摩肩接踵
沿海小城却也这般拥挤
密密的脑袋在人民路上攒动
人浪裹挟着千万双腿
城市就是市场,市场就是城市
街道就是琳琅满目的展厅
铺面后边是院子,院子出来是铺面
浮尘中弥漫着讨价还价的声音

想要抚摸凤里庵前那尊石狮
探寻这座城市的前世今生
无意步入迷宫般的八卦老区
品尝九街十一巷风味美食

月华的潮汐

南宋姑嫂跳崖殉亲的传说
早化作侨胞认祖归宗的身影
观音山恍如长卧的巨鲸
展现着吐纳百川的雄姿

"深化改革"的喜讯还在耳边回荡
"镇升市"的烟花又在眼前绽放
缝纫机奏响服装之城的战歌
时尚的旗帜飘扬在冰岛茶餐厅
熙熙攘攘,客商云集
勤劳创造幸福的日子
请看这古老的神州大地
开放的浪潮奔涌不息

九溪十八涧

是飞流直下的银河
凝为九道飘绕的碧练
是悠然飘游的白云
化作无数叮咚的山泉
是钱塘潮狂卷叠嶂重峦
江涛变成缥缈的云烟
是西湖水漫出龙井
在峰壑中造就清凉世界

山崖，烟岚，云影
轻风，落叶，鸟鸣
溪流的琴韵时骤时缓
迷离的雾气如梦如幻
可是第四纪冰川遗迹
留下永恒的太古寂静
可是白娘子与许仙的身影
还在山水间隐隐飘缠

枫杨树的果穗随风摇曳
仿佛带来灵隐寺的梵音
绕过吊藤垂兰的峭壁
"雷峰夕照"拉长我的身影

月华的潮汐

张岱①流连在崎岖径路
感慨别有天地自非人间
俞樾、林纾②在山谷徘徊
咏叹清流曲折的溪涧

嘤嘤鸟声驱走旅途的倦怠
潺潺流水荡去心上的尘埃
这里的每一片绿叶,每一丝漪涟
都是这般无羁,这般自在
我捧着心香向天地祈愿
可否让我一箪一瓢终老此山
白云深处传来一声轻笑
你啊,哪能舍弃多彩的人间

---

① 张岱,明末文学家、史学家,著述终老,有"小品圣手"之誉。
② 俞樾,清末学者、文学家、经学家,曾任翰林院编修;林纾,中国近代文学家、翻译家、书画家。

扬州的雨

扬州的雨,立体的诗
如梦如烟的青花瓷
染绿乡村的小桥野渡
迷蒙运河的古寺塔影

你是瘦西湖上的扁舟
你是熙春台前的薄雾
你在二十四桥苦苦寻觅
寻觅那缕忧郁的箫声

你是海棠枝头的嫣红
你是香溢江南的美酒
你用金风玉露般的缠绵
吟诵着情人眼里的秋波

你是浪子的向往,游客的乡愁
你是高墙深院的鸾歌凤舞
你是李白笔下的三月烟花
你是杜牧心上不尽的温柔

你是文峰塔上的晨曦
陪护着鉴真东去的帆影

月华的潮汐

你是瓜洲古渡的宫灯
伴随着康乾盛世的巡游

你是大明寺前的牌楼
你是梅花岭上的忠魂
你是永不熄灭的中华之火
熊熊燃烧了五千个春秋

扬州，我在春雨中为你沉醉
我的心在柳丝上颤抖
我爱你独特的厚重迷人的婉约
更爱你那升华灵魂的清幽

我是霞光

我是金秋的一缕霞光
来自雄奇的友谊冰峰
越过峡谷,越过山岗
来到禾木河畔的村庄

流连在原木小屋尖顶
我吮吸着图瓦奶酒的芳香
深沉舒缓的楚吾尔笛声
赞颂着成吉思汗的辉煌

追随驰骋的马拉爬犁
我来到静谧的白桦树林
落叶纷扬着邀我共舞
秋天的颜色就是金黄

薄冰沉浮的小溪
我拥着雪山流淌
涟漪宛似蒙太奇
喀纳斯湖随波荡漾

抚摸着岁月之桥的铆钉
就像袭来纷繁的历史风雨

月华的潮汐

时光抹不去吐鲁克岩画
记忆镌刻着黑暗与光明

暮晖在烤狗鱼的铁架上跳跃
我在松树的针叶间轮回
随着红日在苍茫中升腾
明天又将是我的新生

窦圌山掠影（2首）

别有天

是女娲留下的神器
是大禹用过的宝物
什么样的大夏龙雀
一刀劈开嵯峨的山峰

可是雷电的熔炼
可是风雨的鞭涤
为什么奇石兀立峰巅
为什么山间渺无鸟鸣

什么样的神工鬼斧
让铁索横跨深渊
什么样的日月精华
造就这座无双的圌山

我站在"一线天"大声疾呼
谁啊，谁能解我疑惑
群山发出低沉的回音
别有天，别有天……

通 幽

云岩寺旁有一个小洞
山石上刻着"通幽"
我望着蜿蜒而下的石阶
疑惧地端详洞口

这个山洞黑暗阴森
好像丰都冥府入口
倏地传来暗河的轰鸣
我不由一阵颤抖

我惊悸地挪动脚步
我不愿从这里通幽
看见无数可怕的鬼魂
在但丁的地狱受苦

我却好奇地没有离开
这里真能通向地核深处
真能看见大地母亲的鲜血
像岩浆无尽奔涌

真能看见那伟大的力量
怎样孕育珠穆朗玛冰峰
真能看见那双神奇的手
打造出桂林山水、三峡急流

要是这里真能通幽
通到盖亚和后土的住处
我一定向他们祈求
赐予我战胜苦难的力量

给我绝壁一般的铁骨
让我抗击雷电的肆虐
给我海啸一般的激情
让我蔑视一切的艰苦

可它仅仅是一个石洞
幻想终将在现实坠落
我望着铁索飞渡的奇峰
落寞地转向下山的小路

山径上的脚印（5首）

幽 潭

古松像陡壁的卫士
青苔似绿色的地毯
麻柳伸出千万支手
将幽潭拥在怀间

在碧绿的水里，在碎石的上面
我像一朵快乐的浪花
一只小鸟掠过天空
啊，我飞到云朵中间

高峡急流

是岩浆在地心涌动
是惊雷在峡谷翻滚
怒涛突起,恍如山摇地动
浪花漫舞,恰似千丈飞瀑

劈开层峦叠嶂,傲视万山碧影
流尽朝晖晚霞,托出红日一轮
生命的江,力的洪流
你是永远跃动的天地脉搏

月华的潮汐

秋　空

湛蓝的天，无垠的海
秋风悠悠地在空中徘徊
拂去缕缕帆影般的雾纱
吹散朵朵浪花似的云彩

我愿像一阵轻风
飞向浩瀚的蓝天
脱离尘世的庸碌和烦扰
遨游在那天海之外的世界

溪 畔

披着悄然弥漫的暮色
我来到寂静无人的溪畔
晚霞好像无尽的长缎
波荡着涌进我的胸怀

我轻轻抚摸水的漪涟
想要抓住沉淀的云彩
一阵急风从高峡吹来
倏地将红影吹散

溪旁那无名的野花
斜晖中更显娇艳
可是落日烧熔群山时候
无意将金汁溅出几点

朦胧中，夜将来临
我还恋恋地不愿离开
我愿像这一溪绿水
朝夕拥抱太阳的温暖

月华的潮汐

山 泉

旭日如璀璨的金冠
飞瀑似炫目的银剑
大山手抚膝上的琴泉
轻轻弹拨,乐声涓涓

第一曲,飘上蓝天,沉入深潭
将白云诱入水中的世界
风的温柔伴着花的芬芳
幻化出道道深情的漪涟

第二曲,飞越群峰,掠过林海
山峦似战阵,林涛是鼓角
山巅云雾如弥漫的硝烟
血与火,在刀剑铿锵中闪现

最后弹起第三曲,秋空浩瀚
红霞万朵,齐齐飞入我胸间
我要跨万壑越千山
仰望东方,无畏地向前

泉声叮咚，鸟声婉转
出工的钟声远远传来
我不舍地望着山泉
霞光中，泉与云一片

月华的潮汐

蓝白咏叹调

是蓝天扎进大海
是大海融入蓝天
是圣母玛利亚教堂的蓝顶
变为天空舒卷的云彩
是峭壁断崖的白墙
化作远方飞扬的船帆
从古老的拜占廷皇室徽章
到"不自由,毋宁死"的呼喊
圣托里尼岛的颜色如同希腊国旗
圣洁的乳白,醉人的深蓝

圆顶仿佛巨大的宝石
在蜿蜒的石径隐现
红花绿叶掩映的小院
就是上帝创造的伊甸园
悬崖酒店露台
海鸟轻拍沉睡的火山
伊亚烽火台的落日
烧出西天血色的庄严
这里的每一块巉岩每一片海滩
都是诸神的奥林匹斯宫殿

如诗的远方

淡白的房屋，灰白的云团
浅蓝的天空，钴蓝的海面
岁月带不走青春的浪漫
每个人都有自己的爱琴海
热血曾在年轻的躯体沸腾
恨不能有海的汹涌，海的澎湃
晚霞辉映登攀的蹒跚
呼唤云的超脱，云的悠然
蓝和白回翔灵魂相依相伴
生命在激越与沉静中转换

塞纳河之歌

是承载太多的厚重
翡翠的色彩变成墨绿
是拥有太多的荣光
万千浪花像钻石闪烁
塞纳河,降水女神的慷慨赐予
你是法兰西强劲的脉搏
你穿越高原跨过河谷
孕育出巴黎这座辉煌之都

你用层层叠叠的水波
展现着1500多年的历史沉浮
从西岱岛到埃菲尔铁塔
从卡佩王朝到断头台上的路易十六
你用亚历山大三世桥的骑士群雕
镌刻下多少刀光剑影、硝烟战火
你用进攻巴士底的轰隆炮声
吹响了拿破仑纵横欧洲的号角

卢梭、伏尔泰坐在左岸阁楼
凝望着风起云涌的启蒙运动
毕加索伫立绿皮铁箱书摊
《池塘·睡莲》引发他的立体思索

音符飞出巴黎圣母院钟楼
爱斯梅拉达在翩翩起舞
悲壮激昂的《马赛曲》
点燃巴尔扎克、左拉的思想之火

塞纳河，不朽的河，流转的时光
已成两岸梧桐的葱绿
艺术桥上密密的情锁
锁不住阿波利奈尔忧郁的情歌
塞纳河，伟大的河，变幻的沧桑
改变不了蓝白红旗高高飘扬
卢浮宫中蒙娜丽莎的微笑
正在古老的高卢大地绽放

琉森的狮子①

那座阴暗潮湿的岩壁
就是埋葬它的墓穴
它的背上插着长矛
胸前放着盾牌和剑戟

它恋恋地望着卡佩尔廊桥
望着礁石上的八角形水塔
它们守护着中世纪的霍夫教堂
守护着哺育它的家乡

它望着巍峨的皮拉图斯峰
眼里噙满深情和悲壮
它想起古老的龙的传说
想起掠过悬崖的羚羊

它难忘1792年8月10日
巴黎杜乐丽皇宫一片战火
为了履行忠诚勇敢的誓言
宫墙洒满瑞士卫队的血迹

---

① 著名的纪念雕塑,位于瑞士琉森湖附近小公园,纪念在巴黎杜乐丽皇宫战死的瑞士雇佣兵。美国作家马克·吐温称其为"世界上最悲壮和最感人的雕像"。

如诗的远方

786 个英武的战士
786 条鲜活的生命
刹那幻化成了这只石狮
燃烧的火焰从此熄灭

长青的藤蔓攀附着岩石
细流涓涓地汇入池塘
狮子不甘心这样死去
还有遗愿堵在它的胸腔

它祈愿成为血染的警示
人间再没有这样的悲剧
就像坚固的穆塞格城墙
塔楼已成历史的标记

它祈愿琉森湖永远清澈
白云永远在水中波荡
祈愿世界永远和平
杀戮和暴力永远成为过去

大自然的儿子
—— 致敬安东尼奥·高迪

当孤独像风湿病
碾压着你幼小的躯体
你的灵魂却像一支标枪
在平庸中高高举起
你从铜匠父亲手中
学会把平面变成容器
你从蜗牛爬动的轨迹
悟出阳光变幻的形体
于是，日月山川、飞禽走兽
成为你纵情驰骋的天地

波状的瓷砖恍如龙麟
圣剑十字架插在龙脊
浪潮冲击着巴特罗公寓
袒露着海的天蓝，海的无垠
米拉之家的阳台护栏
扭曲回绕着白色曲线
仿佛熔岩翻滚狰狞的漩涡
仿佛洞穴突现险峻的悬崖
你像驾驭着奇幻的航船
在地中海的惊涛中劈浪向前

阳光穿透圣家堂穹顶
变幻出一个璀璨的菱形
恍如繁星在天幕嬉戏
恍如晨曦流连在石头森林
双曲线、抛物线、锥形、螺旋
万千变化构成神秘的动感
十二角星辉耀在十八座高塔
映照着无处不在的奇异曲线
你用大自然这本"始终打开的书"
诠释着宗教、艺术和人的关系

奎尔公园的洗衣妇长廊
遥望着圆柱大厅的古典拱壁
蛇头喷泉用清澈的流水
亲吻着色彩斑斓的蜥蜴
诸神在辉煌的殿堂受人崇敬
你在冰冷的地下室中沉睡
悬铃树像你的大胡子随风摇曳
巴塞罗那弥漫着你的气息
每当太阳闪耀在金色的塔顶
人们不由呼唤：高迪，你在哪里

蓝桥沉想

蓝桥,我来了
一切都像梦中那样
涌过彩虹般的桥孔
泰晤士河伴随暮晖流淌
西敏寺的钟声还在水面萦绕
波涛吞没了日不落帝国的太阳
恍如灰姑娘向我走来
戴安娜的微笑在你唇前荡漾

蓝桥,我来了
我知道你叫滑铁卢桥
你没有阿尔伯特桥的优美
也没有伦敦塔桥的雄壮
你默默地望着千禧摩天轮
寻找着1815年的辉煌
比利士小镇①弥漫的硝烟
笼罩着拿破仑流放的悲凉

蓝桥,我来了
霏霏细雨迷乱我的意象

---

① 比利士小镇,指滑铁卢,位于布鲁塞尔以南20公里。

如诗的远方

罗伊上尉茕茕孑立的身影
诉说着生离死别的悲伤
车轮下香消玉殒的玛拉
幽魂凝在象牙护身符上
一场刻骨铭心的邂逅
化作肝肠寸断的绝唱

蓝桥，我来了
你是激流与悬崖的碰撞
知更鸟飞下大本钟
仿佛闪电掠过天空
那是岁月滴落的鲜血
那是伦敦塔血腥的记忆
不，那是阴云中的碎石大厦
那是鸟影中沉浮的方尖碑

蓝桥，我来了
惊鸿一瞥，只为深藏的渴望
历史的硝烟让人神往
悲凄的爱情令我感伤
浑浊的河水一如百年

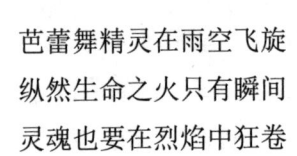

月华的潮汐

芭蕾舞精灵在雨空飞旋
纵然生命之火只有瞬间
灵魂也要在烈焰中狂卷

小樽的雪

你是漫天飞舞的诗
讴歌着纯真的白色恋情
万千精灵在天空嬉戏
温柔了远山,圣洁了大地

你是洞爷湖茫茫的冰原
你是地狱谷炽热的火焰
你是京都祇园的红墙竹篱
你是富士山上缭绕的云烟

不,你就是你,黄昏的雪
梦幻小樽的天上人间
灯影拥着人影,月色融入雪色
世界在童话中变得浪漫

银之钟咖啡的浓香
散发着北方华尔街的韵味
欧美风情在蒸汽时钟升腾
音乐盒堂荡漾着《北国之春》

百年仓库老门
海鲜陈列着运河的历史

月华的潮汐

大海带来无穷的灵感
蔚蓝铸就硝子的原色

这就是小樽的冬日之韵
清纯而亢奋，如同情人的初吻
玉絮恍若心灵的剥啄
寂静淌出淡淡的凄清

远处飘来《情书》的歌声
街道在朦胧中变得忧郁
我的爱已随那南风远去
都到了那熏风吹拂的珊瑚礁

撒哈拉沙漠

几百万年的烈日炙烤
绿洲变成茫茫的沙海
狂风呼啸着从天边奔来
幻化出远古的原始浩瀚

广袤无垠的星空
闪烁着恐龙和丛林的传说
岩画留下沧海桑田的悲壮
那是柏柏尔人顽强的守望

永不瞑目的"撒哈拉之眼"
凝视着造物主的斗转星移
晚霞为沙丘镀上黄金
涂抹着地球末日的色彩

记忆陈列着撒哈拉的荒凉
怪柳和芨芨草养育着旋角羚
落日拉长西班牙大胡子的身影
染红飘逸的三片毛羽

宇宙的寂寞在这里集结

月华的潮汐

荒漠袒露着永恒的惆怅
悠扬的驼铃是大漠的胎音
那是飞扬着的坚韧生命

夏威夷的云朵

夏威夷的云朵很轻
轻如威基基海滩的沙粒
就像大提顿山的雪花
在太平洋的碧波上飘飞

夏威夷的云朵很重
重如沉没的亚利桑那号战舰
好似基拉韦厄火山的熔岩
凝成科罗拉多的绝壁

夏威夷的云朵很近
近如爱人的附耳私语
仿佛圣地亚哥的世纪之吻
永远紧贴你激荡的心

夏威夷的云朵很远
远如浪涛中的自由女神
宛若254万光年的仙女星系
划过太空的一颗流星

夏威夷的云朵就在我心里
它似远又近，似重又轻

月华的潮汐

它就是我梦中的那只蝴蝶
曼舞在遥远而又遥远的天际

它像尼亚加拉的瀑布
想要改变狂野的宿命
它要摧毁一切绚丽的幻影
寻找自己的那颗星辰

莫雷诺冰川 [①]

3 万年凝冻
20 万年雕琢
大自然打造的蓝色宝石
闪烁在巴塔哥尼亚冰原

带着阿空加瓜峰的雪风
带着七九大道的问候
宛若蓝花楹随风而舞
浮冰跳着优美的探戈

70 米高的冰堡
巍然屹立在阿根廷湖
每天 30 厘米的推进
彰显着你的王者之风

抵抗着极地边缘的寒冷
天空阴沉得像要坍塌
你用伟岸的躯体
托住苍白的太阳

[①] 莫雷诺冰川，面积达 250 多平方公里，位于阿根廷巴塔哥尼亚。

月华的潮汐

莫雷诺，活着的冰川
你同南极北极一样
调剂天地的清凉冷暖
保障人类的生存繁衍

冰崩敲响厄尔尼诺警钟
温室效应就像达摩克利斯之剑
为了唯一的地球，莫雷诺
我们永远与你同在

生命礼赞
——献给古斯塔夫·维格兰[①]

阳光透过葱郁的云杉
为你洒落金色的庄严
鲜花在你脚下簇拥
你的不朽正在盛开
你凝望着白云蓝天
右手紧握铁锤,左手执着钢钎
仿佛《思想者》伫立《地狱之门》
正在咀嚼众生的苦难
850 米长的雕塑公园中轴线
在命运迷宫无限地伸延

"生命之桥"大哭的《愤怒的男孩》
从"生命之泉"进入人生阶段
喷水池压在六个汉子肩头
展现着力量和担当
草地上爬行嬉戏的幼儿
眨眼成了垂暮临终的老人
太阳升起又沉没的残骸

[①] 古斯塔夫·维格兰,挪威著名雕塑家。由其雕塑作品组成的雕塑公园,位于挪威首都奥斯陆西北部。公园占地 50 公顷,共有 192 座雕塑,雕塑中有 650 个人物塑像。这些描绘人生百态的雕像都在表现一个主题——人的生与死。

月华的潮汐

在环绕喷泉的雕像循环
所有的艰辛曲折、生离死别
凸现着生命的价值与尊严

松恩峡湾的万年雪风
拂过17米高的"生命之柱"
《群鬼》中那些"有病的人类"
栩栩如生地在浮雕中隐现
裸露身体的男女
在挺拔的石柱上登攀
向往幸福是人性的必然
彼岸就在巨柱突破的空间
一曲雄壮恢宏的生命狂想
回响在命运的秋空雪原

7个老少构成"生命之环"
他们相互依存生死相连
从摇篮到坟墓,从曙光到黑暗
人类在生死轮回中繁衍
维格兰,你用伟大的灵魂
把思想注进冰冷的花岗岩
世界在你的斧凿下变小

如诗的远方

生命因你而深邃浩瀚
你用解开生死玄奥的密钥
鼓起我们热爱人生的风帆

加勒比海掠影

日出日没,潮涨潮落
涛声飞扬着拉丁音乐
22.5万吨的"海洋魅丽号"
在碧色的加勒比海巡游

阳光,沙滩;椰林,蓝天
拉巴第好像上帝的花园
海风吹散尘世的挂牵
"龙的呼吸"低沉地回旋

追寻飞人博尔特的身影
徜徉在法尔茅斯老街
棕榈树掩映着哥伦布塑像
饼式木雕蕴含着牙买加起源

朝霞恍如洪荒时代的火海
烧红普拉亚德卡门海岸线
科兹美用象牙色的沙滩
铺就通向玛雅圣地的红毯

置身诡异的图伦遗址
仰望残柱高耸的神殿

如诗的远方

灵魂随着金字塔层叠而上
震撼生命的轮回与突变

站在 17 层维京酒廊远眺
大海在夕阳的光影中变幻
一如命运的沧海桑田
跌宕着人生的离合悲欢

情绪的孤岛渐渐沉沦
忧伤点燃杯中的龙舌兰
黑夜已将落日摁进海底
袅袅烟雾伴着我的无眠

魁北克古城风情

头戴青铜皇冠
脚踏冰川时代的峡湾
魁北克古城像一个巨人
屹立在圣劳伦斯河北岸

阳光照耀着芳堤娜古堡酒店
红墙映出王者的尊严
窗户恍如深邃的黑洞
翻滚着多少历史云烟

氤氲在星形要塞弥漫
血雨腥风仿佛迎面袭来
大炮用岁月留下的锈迹
镌刻着1759年那场灾难

尚普兰雕像高高耸立
傲视着他开创的新法兰西
他的目光掠过"危险的阶梯"
在以他命名的集市流连

石头房子挤出鹅卵石街道
店招隐现着17世纪的痕迹

"太阳王"在皇家广场微笑
凝望着圣母大教堂塔尖

轻风从河面缓缓吹来
带着洛基山雪峰的问候
马蹄铁清脆地敲击地面
发出"我会永远记住"的誓言

以弗所遗址[①]

层层叠叠的脚印
嵌满克利特斯大道花岗石
伤痕累累的石柱
趔趄着从尘土中站起
闯出阳光和沧桑的氤氲
马其顿骑兵风驰电掣
他们冲过恢宏的皇家祭坛
奔向七大奇迹的阿耳忒弥斯神殿

雅典统治终结的一幕
栩栩浮现在我眼前
岁月在废墟里变迁
灵魂在想象中惊叹
繁华的集市,喧嚣的酒吧
音乐厅,市政厅,大剧院
维苏威火山把庞贝化为灰烬
罗马的辉煌又在以弗所重现

古希腊拱廊的浮雕
浓缩着2000年的历史风云

[①] 世界文化遗产,保存最完整、遗迹最丰富的古城之一。建于公元前10世纪,古希腊和罗马时期曾繁荣盛极一时。

随意找块石头坐下
苏格拉底曾在这里小憩
不起眼的马赛克浴室
或有遗落的雅典娜金币
掘开塞尔苏斯图书馆瓦砾
古城下面还有古城

追寻使徒保罗足迹
恍惚听到《约翰福音》
夜莺山上的小屋
闪过圣母玛利亚的身影
这里的泉水涤荡罪恶
这里的天籁振聋发聩
古城遗址拥抱着宗教圣地
空气中弥漫着肃然与敬畏

摇曳的贡多拉

大运河像一条玉带
轻盈地托着贡多拉
是流淌的诗、立体的画
是威尼斯漂游的浮雕

锋利的六齿钺戟
驱离着陆地的喧嚣
轻舟在清波上划行
滑进童话中的中世纪水巷

苔藓斑斑的墙根
诉说着 1600 年的沧桑
百叶窗飘出咖啡的浓香
谁在熬煮沉淀的时光

斜阳拉长钟楼的影子
是天使长降临圣马可广场
他化身万千洁白的鸽羽
在戴尔学院桥上回翔

飞狮守护着黄金祭坛
守护着宏伟壮丽的宫殿

《威尼斯商人》中的里亚托桥
辉映着大教堂的光芒

小舟亲吻着飞溅的浪花
就像痴心如初的千年约会
叹息桥不是灰色的叹息
桥下燃烧着《我的太阳》

贡多拉在蓝天白云中摇曳
提香的色彩在绿水里波荡
轻风带着绚丽的意象
让我坠入幽深而又幽深的梦乡

戴克里先宫[1]

沉默是土黄色的
真相在花岗岩里窒息
亚德里亚海沉没又升起的太阳
映照着戴克里先宫的辉煌

圣杜金教堂的壁画
鲜花枯萎了 18 个世纪
朱庇特神庙的无头神兽
是否在寓示千古之谜

何须穿越巴巴里狮般的宫门
在古希腊拱廊苦苦追寻
戴克里先大帝的陵墓
就是那片飘浮的云

这个平民出身的君王
霹雳在他剑刃上奔腾
铁血铸就古罗马传奇
登上峰巅却决然归隐

---

[1] 世界文化遗产,位于克罗地亚斯普利特市海滨。古罗马帝国皇帝戴克里先于公元四世纪初修建,是其退位后养老的寝宫。

从此，断壁颓垣的宫殿
散落着璀璨的帝国碎片
从此，明珠般的斯普利特
闪烁在达尔马提亚海岸

罗托鲁瓦的清晨 [1]

蒸腾的气雾笼罩云天
地球就像回到混沌状态
空气中弥漫着火药气味
恍如熔岩奔涌而来

阴森的沼泽犹如地狱之门
数不清的鬼魂在里面嘶喊
蛙跳的声音刚刚停息
"波胡图"又展现擎天喷泉

原木栈道蜿蜒着伸向远山
火山坑冒着淡淡的白烟
硫黄池沉积着绿色的结晶
朝阳在氤氲中变得梦幻

云烟裹着我穿越千年
独木舟在太平洋颠簸向前
毛利人的祖先战胜大海
踏上这个神奇的海岸

---

[1] 罗托鲁瓦，新西兰北岛的重要城市，毛利人聚居区和著名的旅游胜地。"罗托鲁瓦"是毛利语，意为"双湖"，其坐落在火山多发地区，被喻为"火山上的城市"。

如诗的远方

他们刀耕火种，狩猎捕鱼
与世隔绝，代代繁衍
直到海风送来塔斯曼的白帆
文明的火种才在这里点燃

蒸汽在我眼前扩散
我蓦然领悟毛利战舞的内涵
我死，我死；我活，我活
这就是他们传承的信念

尼罗河情思

金字塔的倒影已经远去
斯芬克斯还在天边徘徊
红海用一半海水一半火焰
把我送上尼罗河游船

《尼罗河畔的歌声》在耳边回荡
眼前浮出《尼罗河上的惨案》
壁毯行驶着皇家车辇
埃及艳后在甲板飘闪

落日悬浮在撒哈拉沙漠
那是图坦卡蒙的黄金面具
飞鸟在芦苇丛中穿越
千年辉煌在波浪中沉淀

卢克索的石头也有生命
神殿承载着前王朝文明
晨曦唤醒地下的木乃伊
帝王谷的法老却依然沉睡

旭日照耀在阿布辛贝神庙
辉映着屹立的拉美西斯二世

如诗的远方

这位充满传奇的伟大君王
永远陪伴在爱妻身旁

我们在古老与现代间徜徉
无数王朝在大浪里兴亡
晚霞燃烧着太阳神图腾
那是人民永远的期盼

泰姬陵
—— 不朽的爱情丰碑

是永恒面颊上的一滴眼泪
是大理石上的一首诗
是南亚次大陆的月华
凝聚成钻石般的结晶

在那相信爱情的年代
人们纯真如同冈仁波齐
阿里卡普皇宫遗失的倩影
变为恒河清澈的涟漪

只为一次偶然的相遇
只为一个击穿灵魂的眼神
前世的呼唤震撼今生
爱情的绝唱响彻天地

14 岁相识，19 岁成为王妃
17 年朝夕相伴，柔情似水
纵横驰骋的沙杰汗皇帝
没能留住他心爱的泰姬

为了爱人的临终期求
为了安放最后的痴心

泰姬陵承载着无尽的思念
续写着这场超越生死的恋情

24年后的一个黄昏
阿格拉古堡残阳如血
被儿子囚禁的沙杰汗
孤独地望着亚穆纳河对岸

暮晖在天际绚丽变幻
泰姬陵仿佛浮现云端
白色、金黄、粉红、淡紫
泰姬用晚霞诉说她的思念

上天终于成就沙杰汗心愿
墓室中并放着他和泰姬的石棺
太阳和星星交替发出光辉
映照着这场不朽的姻缘

耶路撒冷掠影

初夏的风从地中海吹来
热浪在空中躁动不安
石灰岩砌就的耶路撒冷
乳白在浅黄的重叠中闪现

走过古老的大马士革门洞
仿佛穿越时光隧道
老城的每一间房屋,每一块砖石
都镌刻着战乱兴衰

金碧辉煌的所罗门圣殿
恍若在霞光中隐现
阿克萨清真寺的圆顶
宛如宝石飘浮云端

哭泣的墙上
眼泪在岁月中凝结
我用泪珠抚慰历史的伤痕
我的心滴着殷红的鲜血

加利利海耶稣显现的神迹
无法取代隔离墙的钢筋

伯利恒圣诞马槽的银星
始终如一地布道着谦卑

几千年的历史风尘
从苦路十四站弥漫至今
巴以冲突的炮火硝烟
何时在橄榄的清香中消弭

耶路撒冷，神圣的城市
什么时候，天空能有和平的鸽羽
什么时候，哭墙渗出的不是眼泪
而是浓香的牛奶和蜂蜜

心弦的颤音

莲

你从冰期时代走来
漂泊过万水千山
北美深埋的化石
藏着你当初的容颜

亿万年日月精华
淬炼着你的风采
你的清馨在灵岩山弥漫
醉了西施，痴了夫差

你的阒寂，澄澈了岁月纷繁
你的参悟，染绿了瑶池亭台
濂溪先生情系"爱莲"
盛赞你的高雅不凡

任它洛阳牡丹宫墙烂漫
任它满城金菊香透长安
你扎根污泥浊水
在月华中礼佛坐禅

星辰在流火中飘逝

月华的潮汐

时光在轮回中悲欢
你独守你的清凉
静静地落,静静地开

风从远方吹来

总是这个时候,这种场景
深秋的风从远方吹来
高楼在暮色中模糊
仿佛巨人在波涛中消失
细雨在空中曼舞
编织着灰色的迷离
我把思绪扎成风筝
在时空深处放飞

那个冬夜风凄雨冷
母亲站在床边柔声叮嘱
好好读书,听外婆的话
然后给我一个五分硬币
薄板门挡不住命运的狰狞
母亲瞬间被黑暗吞没
一闪而逝的蓝色花袄
从此成为永远的背影

父亲幽幽地抬起眼睛
叹息支撑着大山般的忧虑
少喝点儿酒,少抽点儿烟
好好工作,照顾好家庭

月华的潮汐

法令纹如同锋利的铁犁
在他唇旁耕下生活的艰辛
憔悴的双颊,频频地咳嗽
预示着他病入膏肓的顽疾

又是弟弟斜睨的眼光
桀骜掩盖着内心的自卑
宛如他上幼儿园牵着我的衣角
宛如他细心地抚平他的红领巾
后来却一切都变了
就像晴空飘来乌云
贫瘠土壤长出的鲜花
大都在风雨袭打中凋零

时光的台阶长满荆棘
我在记忆的缺口呼吸
冷风亲抚着我的伤痕
雨丝如同长流的眼泪
昨夜的星辰在茶杯里沉浮
"竹叶青"是它点化的偈句
岁月把往事唱成一支歌
唱成那朦胧的月辉

老 井

只有那缕清风
还熟悉你的声音
水桶与井壁碰撞
飞出多少欢快的笑声

只有那钩新月
还记得当时场景
穿着裤衩的半大少年
围在井边泼水嬉戏

晶莹的水花
浇出我们青春的憧憬
破损的竹竿
刻着我们成长的痕印

我们长大了
相继离开出生的院子
带着老井的清凉
带着那轮沉淀的红日

岁月在府河流逝
沧桑染白双鬓

月华的潮汐

猛回首想起老井
它早没半点踪影

高楼压着萎缩的记忆
压不碎老井些微的涟漪
它默默地望着星空
守护着自己的天地

卖辣菜的女孩

飘过薄薄的雾幔
寒风送来童音的呼喊
辣 —— 菜，卖辣 —— 菜
一个女孩向我走来

一个竹篮挂在她的胸前
里面装着翡翠般的辣菜
她不时将手放在嘴边哈气
唇前的微笑羞涩又赧然

她走出又走进雾的帷幕
她迷惘地垂下眼
突然她像想起什么
又大声地吆喝：辣 —— 菜

我的脑海不由卷起波澜
浪峰涌出一个奇怪的发现
这女孩，怎么这样面熟
好像我曾遇见

是在乡下一个清晨
我被一阵快乐的儿歌唤醒

月华的潮汐

一个女孩牵着老牛
露珠润湿她的赤脚

是在一个朝阳初露的上午
我到野外寻找竹心
一个女孩背着一筐青草
脸上现着灿烂的笑容

是她！这些不同的场景
幻化为一册神奇的画卷
封面是一个脸蛋通红的女孩
中间是草长莺飞、白云蓝天

画页无声地翻了又翻
竹林、炊烟在我眼前浮现
不觉已是最后一页
女孩为我捧上碧绿的辣菜

辣——菜，卖辣——菜
她在纱雾中渐渐走远
这悦耳悠长的声音
在天空中久久回旋

故 土

浣花溪的涟漪
波荡着西岭雪山的银光
吊脚楼的木柱
悬挂着如泣如诉的残阳
炊烟在船夫号子里集结
飘绕在围城四十八里的古城墙
晚霞恍若红芙蓉
伴随洗衣大妈的棒槌
摇曳在戏水小儿脸上

老皇城的丧钟
宣告着大明王朝的灭亡
大慈寺的经楼
几成鼠蛇的华堂
攀蜀道而来，溯长江而上
我的祖先走出麻城
填补着天府之国的荒凉
锦江的波涛，翻滚着举水河的绿浪
凤凰山的翠色，映衬着柏子塔的风光
搭一间草棚栖身，卖几碗油面糊口
只要还能活着，戈壁也是故乡
只身入川的先人

月华的潮汐

肩负着一个家族的兴旺

历史深处的悲壮
织补着破碎的激昂
苦难是平淡的结绳记事
一代代传承繁衍,黄土在手心发烫
那是鲁迅"百草园"紫红的桑葚
那是沈从文在《边城》牧歌轻唱
那是李劼人走过天回镇的石板路
《暴风雨前》的《死水微澜》
在教民与袍哥的风云中激荡

时代更新了"家"的内涵
故乡连接着五洲四洋
"锦里"的小径
通向汉唐时代的辉煌
城市音乐厅的乐章
在地球的另一边奏响
希望点燃前行的热血
走遍天涯海角
到处都有故土的芬芳

在夕阳中干杯

阳台恍似扁舟
在夕阳的光影中波荡
落日在高脚杯中翻腾
红酒恍如生命的原浆
干杯，为了消融酷暑的白露
干杯，为了中秋的月亮

酒杯摇晃着岁月的沧桑
氤氲幻化出年轻的模样
那是永不熄灭的奋进之火
燃出醉酒高歌的轻狂
且把几十年人生风干
放在舌尖品尝

暮风送来紫荆的残红
高楼肢解西天的霞光
归鸟在树梢聒噪
作别如水东流的时光
多少誓言都已失落
在大千世界迷失方向

春秋交替，日出日没

月华的潮汐

我在孤寂中独守空旷
风铃摇响行进的旋律
一路走来，影子在脚下绽放
干杯，为了昨夜的星辰
干杯，为了明天的太阳

老　院

大慈寺的暮鼓晨钟
呼唤着迎晖楼的晨光
府河的白帆
带走多少尘世的沧桑
下东大街的喧嚣
消失在卷边的旅客登记簿
凹凸的石板路宛如飘带
连接着四明旅馆与老院

似乎在风雨中坚守太久
篱笆墙撑着发黑的屋檐
母鸡在小孩的嬉戏中乱窜
空气中弥漫着淡淡的炊烟
一人多深的污水坑
魔鬼样张着腐臭的大嘴
老桑树下，竹马架上
老人闲适地摇着蒲扇

老院的历史古书般久远
可以追溯到康熙平定三藩
油盐柴米蕴含喜怒哀乐
凡夫俗子演绎着人间冷暖

月华的潮汐

璀璨夺目的金银珠宝
曾经埋在潘爷爷堂屋
孙大娘紧邻城隍庙的厨房
月圆夜就有黄鼠狼出没

老院如同珍藏的米酒
浓郁中掺杂淡淡的酸苦
它用传承的味道,熟悉的温柔
醉了大家一个个春秋
早已习惯小儿夜哭
老人晨咳仿佛忠实的闹钟
谁家天空要是塌下一角
邻里关爱就像温暖的春风

有一天恍若惊雷炸响
这里的大街小巷都要拆迁
老院的温馨虽然令人萦怀
电梯高楼充满现代迷恋
宁静的过去悠长而遥远
时代的浪潮一往无前
老院终于成了一片瓦砾
只留下云影依依的思念

风火墙

青灰色的阴森
隐现着牛头马面的狰狞
风火墙像一道闸门
把世界隔成两半

墙那边，城隍菩萨一脸威严
吴二爷白袍飘飘，手挥铁链
警世匾联恍如醍醐灌顶
行善作恶终有审判

墙这边，老院低暗的屋檐
压迫着世俗的烦乱
外婆颤巍巍地挪着小脚
低沉的雷声从远处传来

一道墙，隔不开人世沧桑
苦与乐，已成难分的一团
我望着悠然的白云
想着缥缈的三十三天

盲 盒

你不知我,我不知你
相逢就是命中注定
恍若划过夜空的流星
不知在哪里坠入大地

你在猜我,我在猜你
我们都不知晓谜底
也许绽放满天烟花
也许凋零蓝色妖姬

你不懂我,我不懂你
何必苦寻昨夜梦影
茫茫人海万千可能
相遇相识就是缘分

南宋"关扑",日本"福袋"
神秘是你永恒的生命
无论失望还是惊喜
我们期盼再次相遇

那片遥远的田野

你曾离我那么近
如同我掬起的一捧清水
映着我怯怯的微笑、稚嫩的眼神
你用袅袅的炊烟、摇曳的竹枝
草丛的蟋蟀、戏水的小溪
让幻想的熔岩冲破桎梏
在我贫瘠的童年喷射

你又离我那么远
几十公里距离,一个小时车程
恍若隔着无垠戈壁
过去与未来变化重叠
把现实化为一片虚空
我们迷失其中,无法自已

岁月在白发上蹉跎
光阴在时针上流失
有一天我悄悄地来了,站在远处
眺望梦中的那片生机
曾经无边无际的你
被电杆和楼房切割
僵硬的方格子土地

月华的潮汐

圈养着奄奄一息的绿色
表哥那被时光熏黑的茅檐
那门前的柚树、屋后的林盘
早是冰冷的钢筋水泥
当年赤脚奔跑田坎的身影
已成他几十年的崎岖人生

你在我灵魂刻下的美好
瞬间在冲击中破碎
如同我一去不回的青春
仅留下渐行渐远的回忆

蝉

什么样的信念
能忍受地下的黑暗
蛰伏三年五年十七年
就为那破土瞬间的灿烂

什么样的坚韧
能抗击蜕皮的苦难
那是在死神刀尖上旋转
在烈火焚烧中淬炼

什么样的悲壮
能形容你仅有的这个夏天
你用血肉讴歌阳光
直到绝唱被秋风吹散

没有蝴蝶的斑斓、豆娘的娇艳
你的使命不是展现
黑色躯壳藏着不屈的灵魂
生命就是对光明的呼唤

那时候

那时候,天空像从染缸捞出
蓝得纯粹,蓝得澄澈
白鹭追逐府河的绿浪
我们弄乱低翔的鸟影
翻转裤兜找出硬币
共享一杯刨冰

那时候,推开各家薄板门
老院就是大家庭
太阳刚在暗黑的屋脊沉没
黄昏已漫上桑树枝头
张家大爷打理他的黄包车
李家大姐夸着她的织布机
小娃娃跑来跑去做游戏
墙角飞出清脆的笑声

那时候,没有电脑、电视和手机
小轿车更是梦中的奢侈
书信牵着亲友的心
海角天涯就像在隔壁
没有别墅与大杂院攀比
没有西装与粗布衫反衬

没有谁两眼朝天舞弄钞票
没有谁因为穷困被人鄙夷

那时候也觉得白昼太长
长得缺少月夜的想象
那时候也有花花绿绿的期望
自行车载个漂亮姑娘
那时的渴盼简单又明了
就是生活本来的模样
那时的梦想早已成为现实
可我不知什么原因
总在怀念过去的时光

白 发

你是这么普通、平常
就像撒哈拉的一粒沙
没有三千丈的豪放
没有惯看秋月春风的疏狂
黄鸡唱着消逝的时光
永忆江湖只是水月镜像

你曾经出现在父亲两鬓
宛若寒露凝结的冷霜
那是筛子一般的心
从苦难中滤出的希望
转瞬它成为茫茫白雪
覆盖着不甘冰冻的河床

基因涌动坚韧的追求
生命的接力如同波浪
传承把回忆塑成千年胡杨
你的影子在它生前身后飘荡
阳光和黑夜融成一首诗
歌吟着岁月深处的激昂

前世今生锦官城（11首）

菱窠[1]

先生，我来祭拜
瞻仰"中国左拉"的神采[2]
沙河堡的尘土
凝聚着辛亥革命的硝烟
菱角堰的绿水
漾动着《暴风雨前》的漪涟
曲径回廊的亭台
连接着佩鲁门广场
书香在青瓦朱檐弥漫
呼唤着世纪初的波澜
青石座上，你化身洁白的汉玉
屹立在白云黑土之间
你那沉静的神情
洞悉人间风云变幻
你那深邃的目光
仿佛撕裂黑暗的闪电

---

[1] 著名作家李劼人的故居，位于成都市沙河堡。因其傍"菱角堰"而建，李劼人题名为"菱窠"。现为四川省文物保护单位，成都近郊著名景点。
[2] 李劼人，中国现代著名文学家、翻译家。郭沫若在《中国左拉之待望》一文中，盛赞李劼人为"中国的左拉"。

月华的潮汐

"兴顺号"的算盘
敲响大清王朝的丧钟
《死水微澜》掀起《大波》
《天魔舞》在疯狂中变幻
从蔡大嫂到伍大嫂、黄太太
从陈登云到尤铁民、郝又三
绚烂的巴蜀文化
绘就气势磅礴的历史画卷

"少年中国学会"的烈火
淬砺出你刚直的肝胆
嘉乐纸厂的机器轰鸣
践行着你"实业救国"的宣言
"厚皮菜烧猪蹄"香飘"小雅"
名扬《风土》浓郁的锦江两岸
如椽大笔扫过蓉城
留下享誉至今的中轴线

先生,我来祭拜
献上清风一束、心香一瓣
高山仰止,景行行止
你的风骨永留人间

玉女津

朝霞如莲,在崇丽阁金顶盛开
柳丝似雨,染红水岸雕栏
秋风吹过薛涛墓
吹乱一江"春望"的幽怨
伴随迎来送往的舟船
500年前的玉女津
缓缓地在波涛中浮现

濯锦江边的鲜花
从唐宋烂漫到明代
游江船队的彩旗
羞煞天上的云团
二月初二到四月十九
古渡口笙歌不断,丽影蹁跹
浣花溪上的小舟
飘缠着雷神庙中的青烟
万里桥头的惜别
萦绕着迴澜塔下的云帆
江流滚滚,吞没火红的落日
酒楼茶肆,推杯间换了江山

月华的潮汐

大西王朝的樯橹

浩浩荡荡，舳舻千里

蜀王宫在燃烧，大慈寺在战栗

锦官城化为一片灰烬

薛涛井早已干涸

水码头也已荒废

桃红色的诗笺

写不尽蜀人的苦难

玉女津从此消失

在虫蛀的史籍里黯淡

唯有街头巷尾的《竹枝词》

吟唱着繁华如梦的当年

心弦的颤音

无名英雄纪念碑[①]

你倾身跨步,紧握步枪
天空映着刺刀的寒光
军衣短裤,绑腿草鞋
脚下就是祖先的尘壤
北大营的炮声
震撼着你的肝胆
"一·二八"的狂澜
呼啸着卷过眼前
你蓄势待发,凝望前方
望着华北平原的硝烟
卢沟桥的500石狮
被迫发出最后的呼喊

沿长江东进,越秦岭北上
向死而生,毅然决然
你瘦弱的身躯

---

① 又名"川军抗日阵亡将士纪念碑",为纪念在抗日战争中阵亡的60多万川军,该碑由雕塑大师刘开渠设计,1944年7月7日立于成都市老东门城门内。1985年重建,1989年8月15日在成都市万年场落成;因城市道路改造,2007年8月15日迁至成都市人民公园东门广场。

月华的潮汐

蕴藏着蜀人的坚韧
你执着的目光
燃烧着不屈的烈焰
淞沪会战、徐州会战、长沙会战
刘湘、李家钰、王铭章
350万人出征，64万人伤亡
川军的热血，谱就惊天动地的华章

你没有姓名、亲人
不知来自哪个山村、哪条小巷
岷江是你奔腾的血脉
贡嘎山是你不屈的脊梁
你的精魂在巴山蜀水翱翔
就像凤凰神鸟飞向太阳
你与保路死事碑遥相呼应
浓缩着那段血染的风霜
无名英雄，英雄无名
你永远活在人民心上

心弦的颤音

云顶石城 ①

落日点燃西天的红烛
暮霭如同缭绕的供香
沱江呐喊着冲出峡谷
浪潮奔腾着铁马金戈
云顶,一座据山扼江的小城
袒现着川人的铮铮铁骨

北门城洞的条石
沧桑的苔痕点点黯绿
拨开弥漫的历史云烟
战火烧红破碎的神州
蒙古铁骑宛若席卷的风暴
狼牙棒猛击着南宋的孱弱
诸葛亮据险屯兵的山寨
已成余玠顽强抗击的"一柱"
悬崖峭壁是天然城垣
生命融进炮台、擂石和箭楼

---

① 川西唯一幸存的宋元战争遗址,省级文物保护单位。公元1243年南宋名将余玠所修,与合川钓鱼城、奉节白帝城、南充青居城等被誉为"川中八柱"。

173

月华的潮汐

怀安军的忠诚伴随不屈的鼓角
整整坚持了 15 个春秋
残阳用触目惊心的血色
浇铸满山绝死的深红

巍巍的瑞安塔依然如旧
素砖隐现着历史的斑驳
慈云寺的大雄宝殿辉煌如初
香火传承了 1800 个春秋
江涛在狂风中呼啸
演绎着历史的惨烈凝重
夕阳在古银杏枝头闪烁
幻化出气势磅礴的壶口瀑布
那是永生的民族精魂
守护着自己的家国山河

柳荫街

轻轻，轻轻
岁月在泡桐树上沉思
长星桥的秦砖汉桩
追忆着王爷庙的将军

万里之行始于脚下
江南浪涌锦江春水
石板路伴着小青瓦、铺板门
穿越激荡的历史风云

张献忠偶遇逃难妇女
留下柳枝成街的传奇
古城墙上的江桥门
俯视着"枕江楼"的飞来椅

是杜甫低吟"南浦清江万里桥"
是薛涛浅唱"知凭文字写愁心"
是陆游"当年走马锦城西"
留下悠悠的清风竹影

月华的潮汐

轻轻,把脚步放得轻轻
三毛正在屋檐下小憩
她望着天边茫茫的烟霭
寻找着撒哈拉的荷西

古街在南河上漂浮
吊脚楼在时光中摇曳
盖碗茶用老成都的方言
讲述着古老的故事

摩诃池

岁月风化了江南馆的石棺
光影记录着张若成"都"的艰难
金水河奔涌岷江的雪浪
解玉溪翻滚褐色的玉沙
几番匠心独运的修葺
蜀王杨秀留下的大坑
终成一湖轻漾的漪涟

"十六坊"的华灯
照耀着"十二月市"的店招
不尽的夜夜笙歌
萦绕着前蜀后蜀的画船
唐宋的浅唱低吟、曼舞轻歌
留下多少优美的诗句
高骈"摩诃池上醉青春"
武士衡"爱水看花日日来"
杜甫泛舟柳丝下
"莫须惊白鹭,为伴宿清溪"
陆游"一过一销魂"
桃花欲暖,海棠如醉

月华的潮汐

孟昶泪洒《玉楼春》
"只恐流年暗中换"
花蕊夫人的丽影
在丝竹管弦中飘缠

假如流水能回头
宣华池的绿浪
载不动朱椿的蜀王宫
峥嵘崔嵬的蜀道
隔断中原的千年战火
摩诃池媲美瑶池仙境
不是西湖又似西湖

悠悠君平街[①]

昏黄的灯光
漂染出迷蒙的沧桑
"严仙亭"的桂香
点缀着小酒馆的秋凉
月色如梦
我恍惚来到君平先生身旁

先生短褐巾带,席地而坐
面前铺着粗麻布囊
一个龟壳,引导世人向善
几根蓍草,演绎乾坤阴阳
"知天文,认星象,善占卜,通玄学"
与相如齐名,为子云师长
《老子指归》"贵无""自然为本"
"道、德、仁、义、礼"知行合一
先生的深邃博大
堪称蜀学绝唱

[①] 君平街,相传是西汉著名文学家、道学家严遵(字君平)卜肆所在地。严君平节操清高,致力于学问,使"蜀风淳化"。后人为纪念他,将街名沿用至今。

月华的潮汐

严仙观的殿宇
连接着飞鸿桥的卜台
君平街的通仙井
沉淀着平乐山的蓝天白云
支矶石的传说
印证"王莽篡汉"的预言
庄周的化身,太上老君的原型
一个遗迹一串故事
先生,你从来不曾羽化
你活在寄魂庄、金雁亭
活在世代相传的神话里

晚风送走千年浮云
拂散我思古的幽情
先生的身影宛若皓月
高悬于茫茫天地

金　河

金河，天上的清泉
你曾陪伴我的童年
你泛着我梦想的纸船
流向府河，流向大海

金河，晶莹的玉带
你挽着御河，舞动解玉溪
从城市西北飘向东南
你让石犀溪的碧浪
亲吻摩诃池的亭台
你将合江亭的落霞
裁作锦江的归帆
金花桥，节旅桥，半边桥
卧龙桥，余庆桥，普贤桥
你留下二十二桥胜景
留下"东方水城"的誉赞

琴台路

散花楼的飞红
灵动了砖带上的汉画
青石故径风烟弥漫
一端连着临邛，一端通向长安

琴台上的"绿绮"
缭绕着《凤求凰》的余韵
诗碑墙浅斟低唱
吟诵着这段永恒的传奇

封建礼教的骤风急雨
扑不灭燃烧似火的爱情
才子佳人月夜私奔
演绎出多少人间伤悲

牛郎织女鹊桥相会
抹不去"错，错，错"的千古幽情
《孔雀东南飞》的绝世忠贞
变幻出山伯英台化蝶双飞

说什么出人头地,裘马锦衣
说什么蟾宫折桂,光耀门庭
千金难买的"长门""子虚"
换不来柴米夫妻举案齐眉

文君当垆,相如涤器
平凡恰是人生真谛
如水深情在岁月流淌
胜过无数神仙眷侣

月华的潮汐

老皇城

让我做一回明朝的子民
走进赭红色的照壁
围宫九里的萧墙
钟鸣鼎食，琉璃铄金
后宰门的绿水
戏弄着摩诃池的余波
金水桥的石狮
凝聚着金陵的王气
承运殿、端礼殿、昭明殿
钩心斗角，金碧辉煌
800间楼阁亭台
支撑着神州西隅

让我做一块残存的明砖
见证蜀王宫的劫难
北京煤山的白绫
绞杀了大明276年江山
明远楼在颤抖，金水河在哭泣
张献忠的一把烈火
锦官城变成废墟

大清王朝的强弓
带来贡院的万间号舍
武昌起义的枪声
催开致公堂新学的蓓蕾
军阀混战的硝烟
笼罩着曾经的王宫内苑

从摩诃池到蜀王宫
从皇城坝到"万岁馆"
变幻激荡的历史长河
留下多少悲壮的云烟
老皇城,你是蜀都绕不开的记忆
你的辉煌,你的传奇
永远活在成都人心里

月华的潮汐

太古里

是江南馆的唐宋遗址
重现繁华的十二街市
是曼陀罗花飘洒如雨
造就璀璨的七宝楼台

潮流与传统相拥相融
创造水晶般的世纪梦幻
透过缤纷的万千时尚
历史的痕迹犹在眼前

纱帽街的"纱帽"
隐现着消失的汽车配件
笔帖市早无玉管墨迹
苔藓染绿路边石阶

和尚街的典故
怀念着失落的辉煌
北糠市街的字库
诉说着百年巨变

何须穿越十万亿佛土
大慈寺的梵唱就在耳边
大隐于市,物我两忘
心灵升华动静之间

投 江

——纪念屈原投江 2250 周年

冷风凄凄地在荒野呜咽
卷起一阵迷雾似的尘烟
乌云垂着铅灰色的头颅
空中飘洒着泪雨点点
江边柔曼摇曳的芦苇
仿佛在萧瑟中冻结成冰
它们肃然对着浑黄的江水
犹如一排让人凭吊的墓碑

远方风沙弥漫的小丘
出现一个孤零零的人影
他的脚步是那么沉重
恍如铁链锁着他的双腿
他的白发在风中飞舞
他的眼泪在双颊长流
他双手死死地揪着胸襟
缓慢而坚定地走向江边

荒凉的江岸竟是这样寂静
大地似乎在窒息中死去
没有一丝生命的呼吸
只有他的血液越流越急

心弦的颤音

他一步一步地向汨罗江走去
脸上笼罩着悲愤的阴影
他忽然迷茫地转过身子
呆呆地望着空旷的原野

灰暗的天际滚过惊雷
那是秦军的鼓角钲鸣
大好河山已被铁蹄践踏
鲜血染红辛华宫的阶梯
郢都街头堆满楚人的尸体
天空辉映着秦兵的刀戟
狼烟四起的荆楚大地啊
为什么如此苦难不幸

又是一阵阴森的冷风
又是一个变幻的画面
那些相貌狰狞的怪影
幽灵般飘浮在他面前
那是张仪嘲讽的笑脸
那是宓犯不屑的冷眼
那是怀王厌恶的神情
仿佛在说：你走，你快走远

月华的潮汐

他痛苦地发出一声长叹
余音在风中无奈地回旋
他弯腰拾起一片枯萎的芦叶
爱怜地把它放进胸怀
他珍惜地抓起一把黄土
肃穆地将它抛向天空
他的喉咙已被绝望扼住
目光依然犀利如箭

啊,沃野千里的锦绣山川
难道真要成为断壁残垣
难道我已尝尽人间的不公
心灵还得不到半分安然
难道人生永远这么伪善
爱国者竟是最大的罪犯
难道禽兽换上堂皇的冠冕
就那么道貌岸然,圣人一般

汨罗江的波涛永远这么汹涌
玉笥山的树木永远这么翠绿
那血污的冤魂,岂会复活

那破碎的河山，谁能还原
在那黄帝居住的昆仑之虚
藏着让人忘掉痛苦的甘露
我没有神仙那样的本领
只有强吞下满肚子幽怨

滚滚奔腾的江水啊
你快带走我激愤的灵魂
你快卷起源自洞庭的狂澜
把这人间的罪恶一扫而完
啊，叫天天不应，叫地地不灵
难道你们也这么忠奸不辨
纵然到了阴曹地府
我也要寻求公正的审判

他抱起一块光洁如玉的青石
恋恋地扫视过辽阔的江天
他深情地祝福祖国和人民
默默地诅咒战乱和凶残
他视死如归地投入大江
融入他无限眷恋的大自然
芦苇在冷风中不停地颤抖

月华
的
潮汐

哀哀的挽歌唱了一年又一年

树叶几千次绿了又枯萎
无数帝王早已随水东逝
人民总要在每年的这一天
齐聚江边把他祭奠
他们将粽子投入江中
祈祷鱼儿保护他的尸骨
他们永远记着他的名字
伟大的爱国诗人 —— 屈原

填 海

冲破层层云雾
掠起朵朵浪花
浩渺的海面
飞着一只白色的小鸟

它头顶霹雳闪电
它翅拍惊涛骇浪
它从西山衔来石子
一颗颗地投进大海

不论是浓雾弥漫的黎明
还是在落日熔金的黄昏
只要看见它矫捷的影子
人们就想起一个美丽的传说

月华的潮汐

一

说是在很久很久以前
波涛烘托出一座小山
山上是绵延起伏的树林
山外是茫茫无边的大海

山间有一泓晶莹的泉水
泉侧有一个茅草小院
院前柳絮纷纷,似斜风细雨
院后芳草萋萋,如绿玉碧毡

这里住着一个叫"女娃"的少女
她的父亲远在迢迢的彼岸
清晨,海潮催她梳妆
入夜,清风抚她入眠

渴饮露,饥餐英
伴大海唱歌,随彩虹起舞
在大自然温馨的怀抱
女娃过了一天又一天

二

烟波浩渺的海上
是什么发出绚丽的色彩
海水荡着金色的涟漪
空中映着七彩的光环

女娃毫不迟疑地跃入大海
游向那金光闪闪的浪巅
游啊游,她清楚地看见
一颗金色的种子向她荡来

这是女娲留下的智慧种子
出现一次要等千年
女娃展臂刚刚把它抓住
天空突然变得昏暗

闪电狰狞地窜出苍穹
火蛇一般向女娃袭来
霹雳仿佛震翻海底
筑就波浪的层峦叠嶂

月华的潮汐

霎时,风狂雨暴的瞬间
大海张开魔鬼样的大口
霎时,雷鸣电闪的刹那
女娃消失在黑暗的深渊

三

过了无数个凄凄的夜晚
一叶白帆浮现海面
载着送给女儿的礼品
女娃的父亲兴冲冲归来

泉水潺潺地流着泪水
古松忧郁地摇头哀叹
只有低声哽咽的山风
将噩耗告诉焦灼的父亲

父亲破碎的心啊
像狂风吹散的万千柳絮
破碎的父亲的心啊
瞬间感到人间无可留恋

女娃啊女娃，你在哪里？
父亲仰头诘问苍天
暴雨就像不尽的泪水
天空堆满阴沉的云团

月华的潮汐

女娃啊女娃,你在哪里?
父亲声音嘶哑地追问大海
呼了千声,问了万遍
只见惊涛突起,海潮澎湃

绝望的父亲昏倒在泉边
从此再没苏醒过来
泪还在流,血还在淌
两眼还定定地望着海面

父亲的眼泪汇成一潭
父亲的鲜血像宝石闪现
百鸟的凄鸣好像帷幔
怜惜地将泪潭掩盖

朝霞在泪潭投下彩影
落日为泪潭镀上黄金
晨风吹来无数花英
散着沁人肺腑的清芬

四

过了一个又一个白天
在第四十九个夜晚
巨雷震撼着阴森的天宇
电光劈开诡异的黑暗

女娲葬身的那片海湾
突然腾出金色的火焰
火光映红黑沉沉的天幕
焰头狂卷着扑向泪潭

泪潭蓦地金光闪闪
万钧雷霆在潭里滚翻
海浪凶猛地卷过山岗
烈焰在风中四处蔓延

雷又轰，电又闪
烈火燃烧到北斗初现
泪潭金色的灰烬里
忽然传出清脆的鸟啼

月华的潮汐

一只白玉般晶莹的小鸟
红红的脚爪像擒着晨曦
它"精卫,精卫"地悲鸣
忽儿低掠,忽儿高飞

它翅拍朝晖斜阳
它穿越狂风巨浪
它从西山衔来石子
一颗又一颗地投进大海

春去秋来,星移斗换
小鸟永无休止地衔石填海
山上的石子几将消失
大海依旧茫茫无边

海浪掀起滔天巨浪
不可一世地发出狂笑
你纵然耗尽全天下石子
大海依旧这么浩瀚

小鸟在浪峰间敏捷地躲闪
鸟啼声声响彻云霄

当宇宙的精英重造我时
已经决定我未来的意愿

我知道我的生命非常短暂
我知道我无法填平大海
可是我期盼有那么一天
大海变为沃土良田

那时智慧的种子将会发芽
枝叶蓬勃直上三十六重天
纵然我不能得到它的启迪
世上还有无数我这样的女孩

我不能只在想象中沉湎
耗费这宝贵的时间
只要我的翅膀还能挥动
我就要顽强地飞向西山

我要用我最后一滴鲜血
幻化出我理想的境界
最后我会把我的身体
石子一般投入大海

月华的潮汐

日复一日,年复一年
人间不知过去多少朝代
一只玉一般洁白的小鸟
就这样不停地飞翔,填海

后 记

  这本集子里的诗歌，大多写于两个时期：参加工作前和退休前后，时间跨度三四十年。两个阶段的共同之处是拥有较多时间，不同处是年龄及阅历不同，看问题的角度也大相径庭。前者因为那时我年轻，对生活充满想象和激情，因而容易偏狭和失望；后者则是经历命运的风风雨雨后，多了几分对往事的钩沉和反思，尽管它表现得颇为含蓄，如飞鸿一掠而过。

  集子收录的作品，个别曾在相关报刊发表，其余均是第一次问世。这百来首小诗，是我人生不同阶段的真切感受，镌刻着我难以磨灭的生命里程。记得写《山径上的脚印》时候，我还在家待业。为了挣钱，我到大邑县某处深山当民工背石头。当地的景色的确很美，我的生活环境却相当艰苦：住草棚，睡地铺，吃杂粮饭，双肩被背篼绳索勒起道道血痕。干了半个月，挣了不到20元，好像一个工是1.1元，但得背够86背篼石头。现在想起，仍然不胜唏嘘。但是，大概为了坚定自己斗志，我着笔多是风景，无视这些艰苦。我还记得写《不惑之惑》时的情景。头天是我40岁生日，与几个朋友喝得大醉。第二天醒来，头痛身乏，还有种无法说清的感伤和惆怅，有种仿佛丢失什么似的隐隐心疼。在这种情绪支配下，虽然我忙于工作，已好些年没写诗，还是冲动地拿起笔，写出心中的纠结和酸涩，发出"四十不惑，怎能不惑／灵魂拷问活着的意义"这样的感叹。又如写《蓝白咏叹调》时，是在圣托里尼岛悬崖酒店的露台上，对着无边的大海和飘浮的白云。那时我退休不久，正在希腊旅游。当我写到"热血曾在年轻的躯体沸腾／恨不能有海的汹涌，海的澎湃／晚霞辉映登攀的蹒跚／呼唤云的超脱，云的悠然／蓝和白回翔灵魂相依相伴／生命在激越与沉静中转换"，我不由感慨万千，为之潸然。

尊重过往就是尊重生命。在辑录成册的过程中，为了尽可能保持当年的原貌，除了不得不改的个别字句，我未做大的修改。对我来说，青涩也好，粗疏也罢，它们都具有特定时期的独特意义。它们是承载着我人生波澜的河流，每一朵浪花里，都蕴含着我珍贵的心血。

戴　子

2023 年 5 月 8 日